夢みるアクアリウム

真崎ひかる

幻冬舎ルチル文庫

CONTENTS ✦目次✦

夢みるアクアリウム

✦イラスト・麻々原絵里依

夢みるアクアリウム……3
夢から覚めても……231
あとがき……255

✦カバーデザイン=久保宏夏(omochi.design)
✦ブックデザイン=まるか工房

夢みるアクアリウム

《一》

「はぁ……」

長かった一日の終了を告げるチャイムに、大きく肩を上下させる。息を吐き終えると、「やっと終わった」という無意識のぼやきが零《こぼ》れてしまった。

同学年の人間と机を並べて問題集と向き合うのは、朝九時から夕方十六時にかけて。四十五分の昼休みと、九十分の講義ごとに十分間の小休憩を挟むとはいえ、高校でのタイムテーブルとほとんど変わらない。

そう思った直後、いや違うか……と、ゆるく眉《まゆ》を寄せた。

高校だと体育実技や音楽に技術家庭科といった科目があるだけ、まだ気を抜けるかもしれない。が、ここでは『受験必須科目』と呼ばれるもの以外は無視なので、純粋な学習密度としては上になる。

講義中は集中しているので時間の経過はあっという間だけれど、こうして息を抜けば疲労感が肩に伸《の》し掛かってくる。

握っていたペンから手を離して目を閉じても、つい先ほどまで睨《にら》んでいた数式がグルグルと瞼《まぶた》の裏を駆け巡った。

「ううう、ルーレット……」

小さく首を左右に振って、目をしばたたかせる。学習モードから日常へと、思考を切り替えるために窓の外を見遣《みや》った。

ギラギラ照りつけていた太陽が背の高いビルの陰に入り、やわらかな夕日へと姿を変えている。

夕方になってもまだ暑そうだが、連日三十五度に迫る灼熱《しゃくねつ》地獄の日中をエアコンで快適な温度に保たれた空間で過ごせただけ、幸いとしよう。

「今日の質問は、十九時まで受け付ける。復習をしておくように」

ホワイトボードを拳《こぶし》で叩《たた》き、そう言い残した数学講師が教室を出て行った。

講師が教室内にいると、席を立てないのだ。これで、ようやく動くことができる。

怜史《さとし》は、机の上に広げていたルーズリーフをそそくさと纏《まと》めてバインダーに綴《と》じ、バッグに仕舞い込む。ペンケースの蓋《ふた》を閉じていると、前の席にいる友人がこちらを振り返って話しかけてきた。

「なぁ、安曇《あずみ》。合宿どうする？」

徳田《とくだ》は、本人曰《いわ》くレトロモダンを意識してみたという、分厚いフレームの黒縁眼鏡《めがね》が特徴だ。通っている高校は怜史とは別なのだが、こうして予備校の夏期講習で毎日顔を合わせるうちに会話を交わすようになった。

怜史が籍を置く予備校主催の夏期講習は、今月の十日から二週間、リゾート地として名の通った高原での開催が予定されている。

一応レクリエーションも盛り込まれているらしいが、メインとなるのは『講習』なので、一日の半分以上が学習に充《あ》てられる予定だ。

高校二年の夏をどう過ごすかが重要だ、と。ついさっき、教室を出て行ったばかりの数学講師の言葉を思い浮かべながら、首を捻《ひね》った。

「んー……おれは、まだ迷ってる。徳田は参加するんだよな？　申し込み締め切り、明後日だったっけ」

「そっ。明後日の正午。まだ定員に余裕があるみたいだし、ギリギリでも大丈夫だとは思うけど……迷う理由は？」

「二週間って長さ。家の手伝いがなぁ」

一週間程度ならともかく、二週間となると……両親はいい顔をしないだろう。両親より、安曇家において最も発言力のある祖父のほうが、難色を示す可能性もある。

「安曇ん家って、自営業か？　ナニ屋だっけ？」

「レストラン。祖父《じい》ちゃんや親父《おやじ》が言うには、洋食屋。外食の際は、ぜひ『安曇欧風食堂』へどうぞ。私鉄のF駅から徒歩五分です。オススメはハヤシライスと煮込みハンバーグ、今の時季だと夏野菜のスパイシー欧風カレーかな」

ついでに宣伝してしまえ。

ちゃっかり目玉メニューまで口にした怜史に、徳田からは「おまえが奢《おご》ってくれるなら食いに行く」と、更なるちゃっかりした答えが返ってくる。

そんなやり取りが聞こえていたのか、斜め後ろから女の子が会話に加わってきた。

「あ、ねぇねぇ……その洋食屋さん、もしかしてこの前テレビに出てたところ？　老舗《しにせ》の名店特集！」

怜史は背後に身体《からだ》を捻り、「うん、たぶん。一カ月くらい前に、取材が来てたから……」と答える。

彼女とは顔見知り程度だったのだが、初めてまともに話した。

ほんの少し戸惑《とまど》いを滲《にじ》ませた怜史とは違い、彼女は随分と社交的な性格のようだ。

「ママが、お友達とランチに行ったみたい。さすが老舗だって褒めてたよ。日替わりランチプレートのハンバーグとミニグラタン、美味《おい》しかったって！」

親しい友人に対するように笑って、そんな嬉《うれ》しいことを言ってくれる。

怜史は繕った営業スマイルではなく、本心からの笑みを浮かべた。

「ありがとー。またご贔屓《ひいき》に」

怜史と話していた彼女は、隣にいた女の子に「へぇ、そんなによかったんだ？」と話しかけられて、「みたいだよ。今度、一緒しよ？　ランチだったら、千円くらいからあるらしいし」などと返している。

背後に捻っていた身体を戻しながら、心の中で彼女に両手を合わせた。雑誌やテレビといったメディアの影響力も大きいが、実際に来店してくれたお客さんの好意的な口コミは、それらより遥《はる》かに効果的な宣伝なのだ。

「テレビに出るレベルの老舗っていうか、名店なんだな」

彼女と怜史のやり取りを傍《そば》で見ていた徳田は、改めて尋ねてきた。眼鏡の奥にある目は、世間話の延長ではなく興味を深めてくれたことを物語っている。

「まぁ、老舗っていえば老舗かな。曾祖父《そうそふ》が始めた店で、親父で三代目」

「へぇ、すげ。マジで今度食いに行く」

徳田は、社交辞令ではなく本気だとわかる口調でそう言ってくれる。

実にありがたい。

お客さまは神さまですという名言を残したカリスマ経営者がいたらしいけれど、家が自営業だとその言葉が神髄だと骨身に染みて思う。

ただ一つ、主張しておかなければならないことがある。

「おれは奢らないからなっ。食い逃げ厳禁！」

怜史は、せいぜい家業手伝いの身なのだ。格好よく、「好きなものを食っていけ」などと言ってあげられない。名前を出して食い逃げを図られたりしたら、小遣いから天引きされてしまう。

そんな危機感が声にも顔にも表れていたのか、徳田は苦笑を浮かべて怜史の二の腕を叩いてきた。

「そりゃ残念。安心しろ。彼女の給料日に連れて行ってもらうからさ」

「……社会人の彼女か。羨《うらや》ましーヤツ」

「へへへ、いいだろ。美人ＯＬだぜ。今日も、この後デートの予定。リニューアルオープンした水族館に行きたいってさ」

どうやら彼は、予備校通いに身を費やすだけでなく、若者らしく充実した夏休みを送っているようだ。

反して怜史は、毎日の予備校通いと家業の手伝いで、体力だけでなく気力まで使い果たしているのに。話を聞くだけで、とてつもなくアクティブというか……バイタリティに溢《あふ》れていると感心する。

色んな意味で、徳田の真似《まね》はできそうにない。

「青春だなー」

ポツリとつぶやいた怜史に、徳田は一瞬目を丸くして「あははは！」と、声を上げて手放しで笑った。

「おまえっ、相変わらず……アイドル並の爽《さわ》やかな外見を裏切る、爺《じじ》むさい発言だな。幾つだよっ」

「……おまえと同じ年だよ。リア充なおまえとは違って、これからの予定は家業手伝いだけどな」

自嘲《じちょう》を含ませた怜史の言葉に、徳田は「ふん?」と眉毛を震わせる。眼鏡の奥で目を細めると、横目でこちらを見遣った。

「なに言ってやがる。安曇なら、ちょっと声をかけるだけで美人のお姉さまだろうが年下のカワイ子ちゃんだろうが、入れ食い状態だろ。さっきのあの子もさ、おまえと話すきっかけを探してたっぽいぞ? 素《そ》っ気《け》なく店の宣伝で終わらせやがって、イケメンはがっつく必要がないのかもしれないけどさぁ」

徳田は、まだ教室内にいる彼女に聞こえないよう、声を潜めてそう言いながらチラリと視線をそちらに向ける。

考えもしなかった言葉に、怜史はギュッと眉を顰《ひそ》めた。

「あぁ? ……おまえ、深読みしすぎだって。メシに興味があっただけだろ。おれ、そんなにモテないし」

つられてヒソヒソ声で答えると、徳田は「はぁっ?」と目を見開いた。

マジマジと怜史の顔を見ていたかと思えば、わざとらしく大仰に「やれやれ」と首を左右に振る。

「ずっと疑問だったんだけど……おまえに彼女ができない理由が、今わかったぞ。……あり得ないレベルの鈍感っつーか、朴念仁《ぼくねんじん》。しかも、謙遜《けんそん》してるってワケでもないんだよな。そこまで天然で鈍いと、嫌味にも感じねぇ。その顔面偏差値を活用しないなんて、もったいない」

「うるせ、鈍感で悪かったな。余計なお世話！」

食い入るような目で顔を見ながらしみじみと語られて、わざと表情を歪《ゆが》めた。頰《ほお》を膨らませて唇を尖《とが》らせ、「ひょっとこ」を倣《なら》う。

徳田は、「おお……顔面偏差値を下げおった」と、芝居がかった調子で口にしながら両手を上げた。

その両手を叩き落として、顔面から力を抜く。

「だいたい、顔面偏差値なんて受験には関係ないだろ。外見で舐《な》められたり不必要に絡まれたりするから、おれにとっては無用の長物。そんなにこの顔がいいなら、代わってやりたいくらいだ」

「ううむ、そのツラは実に魅力的だ。だがしかし、ハニーは愛嬌《あいきょう》がある三枚目な俺が好きらしいから、今はいいかな」

「なんだよ、結局惚気《のろけ》たかっただけか。っと……帰るかぁ。親が手ぐすね引いて『タダ働き』

の帰宅を待ってる」

ふと腕時計を見下ろして、ため息をつく。

お先、と言いながらバッグを手にして立ち上がった怜史に、徳田は同情の滲む顔で「お疲れサン」と返してきた。

「まぁ、ギリギリまで考えろよ。合宿、安曇と一緒なら俺も楽しい」

怜史は、苦笑して「ああ。また明日」と手を振り、足早に教室を出た。

徳田の目は『こき使われて哀れなヤツ』と語っていたが、怜史自身は言葉ほど徳田の環境を羨ましがっているわけではないし、家業の手伝いを嫌ってもいない。

年上の美人ＯＬとのおつき合いは、自分には分不相応だとわかっているので窮屈そうだとしか思えない。それに加えて、ただでさえ疲れている予備校帰りに夜遊びをしたいわけでもない。

「ん……この思考が、年寄りくさいってことか」

予備校の看板が大きく掲げられた、コンクリート造りの無機質なビルを出た怜史は、ラベンダー色に染まる夕暮れ空を見上げて独り言をつぶやいた。

余分な時間があれば、昼寝をしたいと思う自分とは違い、同じ年頃の連中は見事なほどエネルギッシュだ。

「この暑さの中、どこで遊ぶんだよ」

日は沈みかけているとはいえ、むわっとした熱気が全身を包む。気温だけでなく湿度も高いのか、息苦しいくらいだ。夏が苦手な怜史は、毎年のように『冬眠』ならぬ『夏眠』をしたいと半ば本気で考える。

建物内と外とのギャップが、尚更心身にダメージを与えている。こうなれば、予備校内の快適な環境が幸いか否か……悩ましい。

「うぅ……不快指数ってどれくらいだろ。でも、帰らないわけにはいかないもんな」

瞬時に額に噴き出した汗を拭《ぬぐ》い、建物を出てすぐのところで止まっていた足の運びを再開させた。

家業の手伝いは子供の頃からの習慣なので、苦痛ではないし……人間は、美味しいものを口にすると自然と笑顔になる。

祖父や父が作った料理を前にして、幸せそうに笑い合いながら楽しく食事をする家族連れやカップルといったお客さんたちを目にするのは、どれだけ称賛の言葉を並べられるより嬉しいものだ。

あとは……誰にも不自然さを感じさせることなく、毎日必ず『彼』のところを訪ねられるという利点もある

その利点を思い浮かべると、重かった足取りが少し軽くなった。我ながら現金なものだと、足元に視線を落として唇を歪ませる。

傍《はた》からは、非の打ちどころがない優等生だと思われているかもしれない。

でも実際は、

「なんつーか、おれ、ズルいんだけどなぁ」

誰も怜史の下心に気づかない。家業の手伝いをして偉い、という都合のいい解釈を隠れ蓑《みの》にしているのに……。

□　□　□

扉を開けようと、銀色の取っ手に右手を伸ばす。指先が触れたところで、香ばしい匂いが鼻先をくすぐった。

「……バターのいい匂いだぁ。今焼いてるのって、なんだろ。クロワッサンかな」

怜史は、『ベーカリーKOUDA』と赤でペイントされているガラス扉の前で足を止めて、思い切り息を吸い込む。

閉店まで残り三時間とはいえ、明日の朝食用にと帰宅途中に買い物をしていくお客さんのため、常に焼き立てを補充しているのだ。

「こんばんはぁ」

ふっと吐息をついて、分厚いガラス扉を押し開けて顔を覗かせながら声をかける。さほど待つことなく、店舗の奥から長身が姿を現した。

「お、来たな勤労少年」

人懐っこい笑みを向けてきた青年は、幸田一眞《こうだかずま》。隣接する『安曇欧風食堂』と同じだけ歴史があるこの老舗ベーカリーの、四代目……となる予定だ。

白い調理服を身に着け、額にはキャップ代わりに幅広のバンダナを巻いている。

清潔感のある短い髪がツンツンと上向きに尖っていて、まるでハリネズミ……。

そう思えば、百七十センチちょうどの自分より十センチ上背《うわぜい》があってどこから見ても男らしい五つも年上の人なのに、なんだか可愛い。

「バゲットが十本、カイザーロールとクロワッサンが三十ずつ。あとは……フルーツケーキが三台だったよな？」

メモを手にした一眞は、予《あらかじ》め母が注文しておいたパンの種類と数を読み上げて、レジ脇《わき》に置かれている紙袋を指差す。ディナータイムが始まる前にお隣に注文しておいたパンを引き取りに来るのは、怜史の日課だ。

一日に必要なパンの数は、予約状況や天候によって微妙に増減する。業者に一括で大量発注していたら調整が難しいと思うけれど、お隣がパン屋だと細かく対応してもらえるのでありがたい。

なにより、少数ずつの注文でも渋ることなく焼き立てを提供してくれるので、お客さんからも「パンが美味しい。お料理との相性も抜群」と好評なのだ。グリル料理の付け合わせは、ライスかパンのどちらかを好みで選んでもらう形式にしているけれど、常連客の八割は迷わずパンを選択する。

「うん。ありがと」

笑ってうなずいた怜史に、一眞は店内の隅に設けられている小ぢんまりとしたイートインコーナーを指差した。

「予備校から帰ったばかりだろ？　飲み物を用意してやるから、ここでおやつ食ってけ。おまえの好きなメープルメロンが焼き上がったところだし、新作のレモン蒸しパンの感想も聞かせてくれたら嬉しい」

そこには壁に沿ったカウンター席があり、スツールタイプの椅子《いす》が五つ並んでいる。パンは焼き立てが美味しいので、購入してすぐ食べてもらえるように……と、一年ほど前に一眞の案で設けられたスペースだ。コーヒーサーバも置かれていて、セルフサービスとはいえ無料で飲み物の提供までしている。

高校卒業後、暫《しばら》く名の通ったブーランジェリーで修業していた一眞は、実家である老舗ベーカリーに戻ってからはこうして様々な新しい試みを取り入れて変革を図り、怜史からは成功させているように見える。

店主である父親には『ちょっと真新しいアイデアを出したからって、肝心の本業ではまだまだ尻《しり》に殻をつけたヒヨコなんだ。俺の手柄だ……ってデカい顔するなよ』と、拳を振るわれる毎日らしいけれど。

それでも、昔馴染《なじ》みのお客さんから『あのヤンチャだった一眞がねぇ。いい跡取りになったもんだ。ベーカリーKOUDAは安泰だな』と褒められれば、満更ではないようだ。容赦のない鉄拳《てっけん》も、照れ隠しを兼ねた愛の鞭《むち》というところか。

「メープルメロン、食いたいって思ってたところなんだ。すげー嬉しい！　新作って、一眞くんのレシピ？」

「ああ。試作した八つの中から、唯一オヤジが商品化してくれたヤツ」

まだまだ修業中だという一眞は、苦笑して「打率が低いよなぁ」とぼやいた。

怜史の祖父や父も厳しいが、現在このベーカリーの主である一眞の父親は跡取り息子の作るパンに対して、更に手厳しいらしい。

ただ……まだ高校生で、厨房《ちゅうぼう》に立つこともなく『手伝い』でしかない怜史とは違い、二十三歳の一眞が本格的に家業に携わっていることを思えば、当然かもしれないが。

「カフェオレ？　アイスコーヒー？」

いそいそとスツールに腰を下ろした怜史に、飲み物はなにがいいのか尋ねてくる。怜史は身体を捻り、一眞に答えた。

「せっかくの一眞くんの新作の味がわからなかったら嫌だから、水でいい」

「……おまえ、ホントにいい子だなぁ」

そんなことをしみじみした口調でつぶやかれると、照れくさい。

怜史はどんな顔をすればいいのかわからなくなり、ほんの少し唇の端を吊《つ》り上げて手元に視線を落とした。

ちょっと待ってろ、と言い置いて作業場のある奥に戻った一眞は、すぐに籠《かご》に盛ったパンと水の入ったグラスの載ったトレイを持ってきてくれる。

怜史の前にトレイごと置き、屈託なく笑いかけてきた。

「どうぞ召し上がれ」

「ありがと」

「予備校はどうだ？　夏休み中なのに、毎日勉強かぁ」

「んー……勉強は嫌いじゃないから。もう少ししたら合宿があるんだけど、十五時間くらいは学習時間だよ」

まずは、一眞のレシピだという手のひらサイズの丸い蒸しパンを齧《かじ》る。パッと見ただけでは、プレーン生地にレモンピールが混ぜられているだけかと思っていたけれど、中心部分にほんのりレモン風味のカスタードクリームが詰まっていた。

「あ、めちゃくちゃ美味しい！　真ん中のクリームがレモンの色と同じでいい具合にレモンっぽいし……このクリーム自体も、レモンが主張しすぎてないから酸っぱすぎず甘すぎず……爽やか！」

思うままを口にすると、無言で怜史の反応を窺《うかが》っていた一眞はホッとしたような表情になった。

「さんきゅ。おまえの素直な褒め言葉が、一番嬉しーわ。しっかし、予備校通いと店の手伝いの毎日かぁ。……圭司《けいじ》は？」

お客さんがいないからか、自然な動作で隣に座ると怜史に身体を傾けて話しかけてくる。

細身の怜史には充分なスペースでも、大柄な一眞には窮屈な空間のようだ。こちらを向いた弾みに左腕に一眞の右腕が当たり、トクンと心臓が大きく脈打った。

清潔な白い調理服には、バターやメープルの入り混じった匂いが染みついている。ほんのり甘くて……優しい香りだ。

「たまーに、顔を合わせるだけ。なにやってんのかは知らない。昨日の夜、戻ってきたみたいだけど……父さんと大ゲンカして、また出て行ったっぽい」

圭司は、怜史の二つ上の兄だ。

この春に高校を卒業して専門学校に通っているのだが、同じ家で生活していながらあまり顔を合わすことはないし会話もほとんどないので、我が兄ながら『よくわからない人』だったりする。

そんな圭司を一言で表すなら、

「相変わらずの、自由人」

だ。

ポツリとつぶやいた怜史の言葉に、一眞はハッキリとした男らしい顔に刻んだ苦笑を深くする。

「そっか、仕方ないヤツだなぁ」

こっそり窺い見た一眞は、口では仕方ないと言いながら、優しい表情をしていた。圭司のことを語る時の祖父や父のように、忌々《いまいま》しげな雰囲気は皆無だ。

生まれながらの隣人で、物心つく前から自分たち兄弟を知っている一眞にとっては、六つ下の自分だけでなく四つ下の圭司も弟のような存在なのだろう。

怜史からすれば、兄らしいところのほとんどない圭司より一眞のほうが遥かに『兄』らしくて、慕わしさを感じるのだが。

決して、兄である圭司が嫌いなわけではない。ただ、一眞が圭司のことを気にかけると、胸の奥がチクチクする。

外見や声はさすが兄弟と言われるほど似ていても、性格は対極に位置するほど自分とは違っていて……あの奔放さを真似したいとは思わないし、基本が小心で八方美人な自分に圭司のような振る舞いができるとも思えないけれど。

「まぁ、あいつも来年には二十歳なんだ。そろそろ反抗期も落ち着くだろ」

薄茶色に脱色した髪に、いくつものピアス……そんな派手な外見や、大人が眉を顰める尖った言動といった上辺だけでは、判断しない。圭司のことをきちんと理解しているのだと、言葉の端々から伝わってくる。

「反抗期かぁ。にしては、長いよね」

思わずため息をついて零した怜史に、一眞は「確かに」と肩を震わせた。ポンと、頭に手をのせられる。

「弟としては、なにかととばっちりを食ってるだろうが……許してやれ」

「んー……一眞くんのほうが、兄ちゃんぽい」

メロンパンの焦げ目を見下ろして、ポツンとつぶやいた。

圭司を庇《かば》う一眞の言葉を、どうしても素直に受け入れられない。

一眞に、自分だけを見ていてほしい……などと、心の狭いことを望んでいるのだと突きつけられるみたいで、なんとも表現し難い自己嫌悪が湧《わ》いてくる。

だから、ますます圭司に対して複雑な感情を持ってしまうのだ。

「おまえも、たまには羽目を外せよ。青春は一度きりだぞー」

そう言いながら大きな手で髪を撫《な》で回されて、首を竦《すく》ませた。頬が熱くなり、そんな反応誤魔化《ごまか》そうと早口で言い返す。

「一眞くんも、羽目を外してたもんね。おれも、ちょっとだけ憶えてるけど」

「……ヤンチャな俺は、忘れろ」

短い一言は、苦いものをたっぷりと含んでいる。顔を見なくても、苦虫を噛《か》み潰したような表情になっているだろうと想像がついた。

十代の頃の一眞は、近所でも有名な『ヤンチャ』だったのだ。トレードマークだった金髪は、今の圭司より派手なものだった。

「ケーサツの世話にはなってないぞ」

「……ってことにしておこう」

深夜徘徊《はいかい》での補導は、警察の世話になっていないと言えるのだろうか。未成年の飲酒と喫煙も、法に触れている。

ついでに、売られたケンカも一つ残さず買っていたはずで……三対一でも負けなかったという腕っぷしの強さは、今でもこの近隣の語り草だ。

色んな意味で一目置かれる一眞を、幼馴染みの特権で馴《な》れ馴《な》れしく『一眞くん』と呼ぶことのできる自分の立場に、秘かな優越感を抱《いだ》いている。

「兄ちゃんも、おれも……一眞くんに色々教わったもんね」

ポツリとつぶやいた怜史は、ふっと思い出し笑いを滲ませた。一眞は目を泳がせて、少しだけ気まずそうな苦笑を浮かべる。

「そりゃ、おまえ……飲酒喫煙はティーンエイジャーの通過儀礼みたいなもんだ。優等生なのもいいが、それなりの年齢の時に経験しておくのも大事だろ。っていうのは建前で、兄貴ぶって悪いコトを教えるのを楽しんでただけかもしれないが。……親父に知られたら確実に殴られるな。怜史に余計なコトを教えるなー！　ってさ。おまえはガキの頃から、近所の誰もが知ってる優等生だからなぁ」

「おれは、一眞くんに感謝してるけど」

飲酒に喫煙、ついでにバイクの運転まで。一眞が教えてくれたことは、大人から見れば確かに『余計なコト』かもしれない。

でも怜史は、自分を『イイ子』として特別扱いせず……大人曰く『余計なコト』から遠ざけることもなく、一通りの『通過儀礼』を教えてくれた一眞に感謝している。

煙草《たばこ》を吸い込んだ直後、激しく噎《む》せて涙目になった怜史に、一眞は「な？　そんなにいいモンでもないだろ」と苦笑したのだ。

コクコクうなずいて「もういい」と答えた怜史は、きっと、一眞の思惑通りの反応と結果だったに違いない。けれど、そうして身を以《もっ》て知ったからこそ、飲酒や喫煙は自分には向いていないとわかった。

自分の単純さがおかしくて、ふ……と笑みを深くしたところで、奥から耳に馴染みのある声が一眞を呼ぶ。

「おい、一眞！　オーブンはいいのか？　おまえの突っ込んだモノの面倒は見ねーぞ。焦がしたら給料から差っ引くからな！」

「あ、やべぇ！　ブリオッシュ！」

焦った顔になった一眞は、勢いよく椅子から立ち上がる。香ばしい匂いが漂ってくる厨房へと、一目散に入っていった。

時計を見ると、怜史も店に戻らなければならない時間が来ていた。

「あ、おれも戻らなきゃ。祖父ちゃんに怒られるっ」

歯形のついた蒸しパンの残りを口に押し込み、慌てて席を立つ。

もったいない食べ方だ。せっかくの一眞の新作なのだから、本当はもっと味わいたいけれど、仕方がない。

「パン、引き取って行くね！　明日もお願いします」

ブリオッシュの無事を祈りつつ奥に向かって声をかけ、レジ脇に用意しておいてくれた袋を手にして出口に向かった。

ドアに手をかけたところで、厨房から出てきた一眞の声が追いかけてきた。

「おい怜史。これも持って行け！」

「あっ、ありがとう！　ブリオッシュ、大丈夫だった？」

「ああ、ギリギリだったけどな」

「よかった！　それじゃ、また明日」

小さな紙袋に入れてくれたメロンパンを受け取ると、急ぎ足でベーカリーを出る。

そこから、徒歩数十秒。

帰りが遅れたことで、頭に角《つの》を生やした祖父と父親が待ち構えている……という覚悟を決めて、『安曇欧風食堂』の扉に手をかけた。

《二》

チッチッチッ……。

これまでは気にならなかった小さな時計の音が、ふと耳についた。

顔を上げた怜史は、学習机の隅に置いてある目覚まし時計に目を向けた。その針は、十二時半を指している。

「っと、そろそろ風呂に入って寝よう」

明日も朝から予備校だ。予習も一通り終わったところだし、席を立つタイミングとしてはちょうどいい。

一つあくびを零して、握っていたシャープペンを机の上に転がす。

階下にある風呂に入るべく自室を出たところで、ピタリと足を止めた。階段の下から、父親と……圭司の言い争う声が聞こえてきたのだ。

「圭司！　おまえ、こんな時間からまた出かけるのかっ！」

「あのさぁ、おれ、もう親に管理される年齢じゃないだろ。どこでなにをしようが、おれの勝手だ」

「家の手伝いをしようとは思わんのか！」

「んー……それなりのバイト代をくれるならいいけど、……そっちはいいの？　大事なお客サン、コレで、いらっしゃいませーって出迎えちゃうよ？」

「っっ、チャラチャラした髪とイヤリングをなんとかしてからだ！」

「イヤリングぅ？　ははっ、だせぇ。ピアスって言ってよ。おれ、このスタイルを変える気はないから無理だな。店は、お行儀のいい怜史に任せる」

「おい、圭司っっ！」

父親の怒声に被って、玄関の扉が開閉する音……ということは、どうやら圭司が出て行ったらしい。

残された父親が、母親に「黙って見てないで、おまえもアイツになんとか言え！」と、八つ当たりする声が聞こえてくる。

相変わらず、としか言いようのないやり取りだ。事なかれ主義の怜史では、圭司のように父親と言い合う気概がない。口答え自体が面倒だし、反抗するよりも「ハイ」と従うほうが楽なのだ。

ストレートに父親に突っかかる圭司は、ある意味、自分よりずっと素直だと思う。

「うー……風呂、入りたいな」

今下りて行ったら、苛立《いらだ》っている父親からとばっちりが飛んできそうだ。

でも、明日を考えればのんびりしていられる時間ではないし、身体中が汗でベタベタしている。

シャワーも浴びず、このままの状態でベッドに入るのは避けたい。

「仕方ないな」

小さな吐息を零して、のろのろと階段に足を踏み出す。

寝室に引っ込んでいてくれないかなー……と願いながら最後の一段から足を下ろした直後、タイミング悪く父親とバッタリ行き会ってしまう。

その手にバスタオルが握られているのを見て、足を止めた。

「怜史。今から風呂か？」

「……父さんの後でいいよ」

こうして、また『イイ子』な振る舞いをする自分に心の中で眉を顰める。本当は、早く風呂に入って寝たいのに……。

父親は、そんな怜史の本心に気づくわけもなく、不機嫌そうな顔のままうなずいてバスルームに向かった。

肩を怒らせて歩く後ろ姿を見送り、コッソリため息をつく。

「怜史。明日も学校なんでしょ。お父さんに譲ってよかったの？」

ふと、斜め後ろから声をかけられてビクッと肩を震わせた。面倒だな、と感じたことを悟られないよう、笑顔を取り繕って振り向く。

「あ……うん。大丈夫」

母親は、怜史の答えに申し訳なさそうな顔になった。閉じた玄関扉をチラリと横目で見遣り、怜史を見上げる。

「ホントにもう、お兄ちゃんには困ったものだわ。怜史も、あまり根を詰めて勉強しなくていいのよ。一生懸命に勉強をしても、高校を出たらお料理の専門学校でしょう？」

「え……」

高校を出たら、料理の専門学校？

つまり、怜史は大学受験をせず調理師専門学校へ進学するのだと……母親の中では、決定事項のようだ。

進路について、怜史と両親が膝《ひざ》を突き合わせて話し合ったことはない。高校の学期末にあった三者面談の際は、担任教師の『夏休み中も、予備校の夏期講習でしっかり勉強させてくださいね』という言葉に『はい、はい』と、うなずいていたのだが。

答えあぐねている怜史の戸惑いに気づかないのか、母親は相変わらずマイペースに言葉を続ける。

「お祖父ちゃんやお父さんは、料理は習うもんじゃない、倣うもんだ。学校なんか行かずにウチの厨房で修業しろなんて言ってたけど、今の時代はやっぱり学校を出たほうがいいわよねぇ？　あっ、そういえばこの前、お祖父ちゃんのお友達……仲田《なかた》さんがいらしてね。あの方が、ロイヤルオーシャンホテルで料理長をなさっていることは怜史も知ってるでしょう？　高校を出たら、そこで怜史を預かって、しばらく修業させましょうか……っていうお誘いをいただいたんだけど、神戸の花岡《はなおか》さんからもお声をかけてもらっているから」

「ちょ……と、待ってよ母さん。おれ、今そんなこと言われても……」

黙っていたら、どんどん話を進められてしまう。

ようやくそんな危機感を覚えた怜史は、遅ればせながら母親の言葉を遮《さえぎ》った。

今、耳に入れたことはすべて初耳なのだ。うまく整理がつかず、『高校卒業後は専門学校』とか『ウチの厨房で修業』、『ホテルのレストランで預かる』という言葉が頭の中でグルグル回っている。

怜史自身は、これまで考えもしなかったことばかりだ。

「あら、嫌だ。そうよね。夜中に立ち話する内容じゃないわ。明日にでも改めて」

のほほんと笑う母親から、目を逸《そ》らした。

怜史が言葉を遮った理由、その話の問題は時間ではないのだが……なに一つ、わかっていない。

唇を噛んで、下を向く。

喉《のど》の奥、胸の内側でモヤモヤとした黒い感情が渦巻いている。でも、吐き出すことはできなくて……この場から逃げ出すことを選んだ。

「……おれ、ちょっと散歩してくるね」

「今からぁ？　お父さん、カラスの行水だからすぐに出て来るわよ？」

「うん。夜風に当たりたいから。……母さん、先に風呂を使っていいよ」

そそくさと背中を向けて、シューズに足を突っ込んだ。急《せ》いた気分で踵《かかと》を踏み、小走りで玄関を飛び出す。

道路の端で足を止めると、両膝に手を着いて大きく肩を上下させた。

「んで、勝手に決めてるんだよっ。担任に言われるままに、夏期講習なんか申し込まなきゃよかった。受講費の、無駄遣い……」

深夜の静かな空気に、怜史の独り言が溶け込む。

直接母親に主張できないくせに、独り言でさえこうして声を潜めて……結局、波風を立てることを嫌う八方美人なのだと思い知らされるだけだ。

圭司のことを、『自由人』などと苦笑しながら心のどこかで羨んでいるなんて、悔しいから認めたくない。

こんな自分が嫌いだ。反発することもできないし、開き直って、言われるがままの優等生にもなりきれない。

中途半端で、無様で……。

遣り切れなさに奥歯を噛み締めた怜史は、無意識に右手を上げて自分の頭に触れる。

夕方、一眞が撫でてくれた感触をトレースするように、そっと髪を梳《す》き……あの大きな手を思い出せば、ざわつく心が不思議なくらい鎮まった。

「……はぁ」

深く息をついたところで、近づいてくる二人分の男の声が耳に入る。

悪いことをしているわけではないのだから、隠れる必要などない。けれど、今のみっともない自分を誰にも見られたくなくて……咄嗟《とっさ》に『安曇欧風食堂』と書かれた大きな看板の陰に身を潜めた。

「待てよ、圭司。まだ話は終わってない。毎晩、どこでなにをやってんだ？」

「だから、バイトだって言っただろ」

一眞と……圭司？

圭司は自分より十分ほど早くに出て行ったはずだが、一眞に足止めされたのかもしれない。

怜史は出て行くタイミングを逃してしまい、息を詰めて二人のやり取りを耳にする。

「どこで、どんな？　飲食店なら、店を教えろ」

「はぁぁ？　なんで一眞に教えなきゃなんないんだ。保護者参観でもする気か？」

「……そうだな」

「バカじゃねーのっ！　来れるものなら来てみやがれ。ホストクラブだよ！」

「マジか？」

「冗談で言う理由がないだろっ。……割がいいんだよ。短期間で効率よく稼げるから選んだだけで、一生の仕事にするわけじゃない。この夏のあいだに、貯めるだけ貯めるんだ」

「なんで、そんなに金がいる」

「やりたいことがあるの！　でも、親父は絶対に金を出してくれないってわかってるから、自力でなんとかするしかない。それだけだ。なんだよ、その顔。ホストのバイトが気に食わないなら、一眞がパトロンになってくれるんの？」

「いくら必要だ？」

「っ、やめてくれよ！　一眞にタカるつもりはねーよっ。いいから、おれのことなんて放っておけって！」

「放っておけるか！」

これまでにない強い口調で、一眞が言い放った。シンと……水を打ったように、静かになる。

「……なっ、なんだよマジな顔で」

なに？　突然、空気が変わった。

そこで、なにが起こっているのだろう……。

顔を覗《のぞ》かせられない怜史は、二人の様子をこの目で窺うことはできない。ただ、胸の奥が変にざわついている。

不自然な間を、圭司が打ち破った。

「一眞……?」

珍しく、頼りない響きで一眞の名前を口にする圭司の声が、怜史の胸に湧いた不安をますます駆り立てる。

耳の奥で、心臓がドクドク……猛スピードで鼓動を響かせていた。二人にまで、聞こえてしまうのではないかと思うほど。

沈黙は、きっと一分足らずだったはずだ。でも、その数十秒が怜史にはもっとずっと長いものに感じた。

低く、感情を押し殺したような一眞の声が、奇妙に張り詰めた空気を揺らがす。

「おまえが好きなんだ。だから、放っておけない。……くそっ、こんなカタチで言うつもりじゃなかったのに」

「は……ははっ、タチの悪い冗談」

「冗談?」

ヤメロ。見るな!

うるさいくらいの音量で頭の中に響いた警告を無視して、看板の陰から二人がいるほうを覗き見た。

直後、そうして盗み見したことを後悔する。

怜史の目に映ったのは、街灯の淡い光の下……ピッタリと重なり合う二つの影。

「これでも、冗談だと思うか？　おまえ、俺の本気に気づいてて……逃げようとしてるだけだろ」

「……知らねえ。つーか、当たり前みたいに舌を突っ込むなよスケベ！」

一眞を両手で押《お》し退《の》けた圭司は、手の甲で唇を拭ってそう言い残し、踵《きびす》を返した。駅のほうへと、足音が遠ざかる。

取り残された一眞が、小さな声でつぶやいた。

「っ、あーあ……ついに、やっちまった。……つーか、アイツ自分が涙目になっていた自覚があるのかねぇ。カーワイイ」

苦笑交じりのつぶやきは、自嘲と……圭司への愛しさを含んでいる。圭司に向ける一眞の想いが痛いほど伝わってきて、怜史はギュッと目を閉じた。

口の中に……血の味がする。唇を強く嚙み過ぎているせいだと気づいても、力を抜くことができない。

一眞が立ち去る気配を感じても、足の裏が道路に沈み込んでいるみたいに重くて、長い時間そこから動けなかった。

「っ、風呂入って、寝て、明日も予備校……」

不意に強く風が吹き、怜史の頬をぬるい空気が叩く。目の前に前髪がかかって、我に返った。

一歩、二歩……ようやく歩き出しても、頭の中は空っぽだ。

予備校？　担任教師に言われるまま勉強をしたところで、大学受験の役に立つわけでもないのに？

朝から夕方まで机にしがみつき、真面目にホワイトボートの解説を書き写しても、すべて無駄なのだ。

怜史が実家の跡を継ぐのだと、本人不在で決めつけている両親に対する憤《いきどお》りよりも、そのことに反抗できるだけの材料がない自分自身が歯痒《はがゆ》い。

大学に進学したい。そう主張するには、目的が必要で……怜史にはなにもない。

ただ、担任教師に言われるまま『学力相応で、少しでもいい大学を受験』する気になっていただけで。

その、『いい大学』も……なにを以ての良《よ》し悪《あ》しか、深く考えたこともなかったのだ。卒業後の就職時に潰《つぶ》しの利きそうな、経済学部あたりを選べばいいかと、漠然と思い描くだけだった。

かといって、調理師専門学校で料理の勉強をするのが嫌なわけではない。多忙な両親は怜史たち兄弟に関しては放任で、小学生の頃から自分の食事は自分たちで用意していた。

料理が苦ではない。じゃあ、専門的に学ぼうという意欲はあるのか？

そんなふうに自問しても、曖昧《あいまい》に首を捻るだけで……結局、よくわからない。

こんなに中途半端な人間が、祖父や父が情熱を傾けている大切な店を引き継ぐべきではないと思う。

ただ、それを、自分の言葉できちんと両親に伝えられる自信はなかった。

これまで、すべてに於《お》いて「はい」と受け入れるばかりだった怜史は、反論の術《すべ》を知らないのだ。

目の前に、ぽっかりと大きな穴が空いてしまったみたいだった。足を踏み出したら、底の見えない深い穴に落ちる……。

圭司なら、こんなふうに途方に暮れることなどないだろう。自分の意思を持ち、父親と言い合ってでも自己主張をする。

子供の頃から、圭司がイラナイと突っぱねたものは、すべて怜史のもとに移ってきた。

服も、本も、おやつも。

怜史が、コッソリ「アレがいいな」と思っていても、圭司が手に取れば百パーセント彼のものになるのだ。

……一眞の心さえ、圭司のものだ。

これまでとの違いは、たとえ圭司がイラナイと拒んだところで、一眞は怜史のものにはならない……。

悔しくても、どれだけ歯痒くても。

あんなふうに、真面目に取り合ってもいない圭司じゃなくておれを見てよと、一眞に縋《すが》りつく度胸はなかった。

今の心地いい関係を壊してしまうことを怖がって、一眞のように……自分の想いを相手に伝えようなど、考えもしなかったのだ。

「っっ、サイアク」

なにもかも、どうにもならない。どうにかしようという、気概もない。

最悪なのは、自分だ。

だけど、もう……ダメだ。

「は……っ、も……っ、ヤダ」

つぶやいた瞬間、怜史は頭の中が真っ白になる奇妙な感覚に襲われた。スーッと血が引き、頭の芯《しん》が冷たくなる。

今の怜史は、一切の表情がなくなっているはずだ。

虚《うつ》ろに泳がせた視線が、一点で止まる。

玄関の脇には、圭司のバイクが。自分は、キーの置き場所も、アレの動かし方も……知っている。

しばらく凝視していたバイクから目を逸らすと、機械的に足を動かして玄関を入り、キーボックスに手をかける。どうするのか考えることもなく、シンプルな革のキーホルダーを摑《つか》んで再び玄関扉を出た。

それが現実逃避だという自覚がないまま、バイクのハンドルに手をかけてスタンドを蹴《け》り上げる。

黙々とエンジンを始動させて車体を跨《また》いだところで、隣家のドアが開いて大柄な人影が姿を現した。

「……おいっ、怜史か？」

深夜という時間帯のせいか、潜めた声で名前を呼ばれて……ビクッと大きく肩を震わせた怜史は、目をしばたたかせて顔を上げた。

ダメだ。やっぱり、一眞を無視できない。一眞に名前を呼ばれただけで、瞬時に現実へと引き戻されてしまった。

「動くなよ」

一眞は低くそれだけ口にして、窓際から姿を消す。数十秒も待つことなく、玄関の扉が開いて表に出てきた。

今は、顔を見るのもつらいのに……こうして気にかけてくれることを、心のどこかで喜ぶ自分が浅ましい。

怜史が圭司とのやり取りを覗き見していたことなど知る由《よし》もない一眞は、「待て」と短く口にしてハンドルを手で押さえた。

「おまえ、……ッ」

怜史を見下ろしてなにか言いかけた一眞だったが、目が合った途端口を噤《つぐ》む。

薄暗い街灯しかなくても、怜史の表情は見て取れたのだろう。

今、一眞を前にした自分がどんな顔をしているのか……怜史にはわからないし、知りたくもないけれど。

「…………」

時間にして、ほんの数分。

険しい顔で怜史を見ていた一眞は、視線を逸らすことのない怜史になにを感じたのか……大きく肩を上下させた。

咎《とが》められることを覚悟した怜史だったが、一眞が口にしたのは予想外の言葉だった。

「……明日から、予備校の合宿講習なんだな？　親父さんやお袋さんには、うっかり伝え忘れていて、早朝に家を出て行くところで、バッタリ俺と顔を合わせた」

「なに……」

なにを言っているのだろう、合宿があるとは言ったが、明日からなんて……。

怪訝《けげん》な思いでそう聞き返そうとした怜史だが、一眞が『そういうことにしよう』としてくれているのだと気づいて、言葉を飲み込んだ。

自分が、『なにか』から逃げたがっているのだと察したに違いない。大人が『イイ子』と口を揃《そろ》える怜史が、八方美人で事なかれ主義だということを知っている一眞は、これまでにない行動に出るほど追いつめられていると……そこまで承知で、送り出そうとしてくれているのだ。

一眞の提案に甘えてしまうことにして、奥歯を噛んだままコクンとうなずく。

「期間は、どれくらいだったか？」

「……二週間」

「わかった。ピッタリ、二週間だ。約束だからな。おまえを信じてるぞ」

それは、二週間で帰ってこい……という意味。

信じていると釘《くぎ》を刺した一眞に、怜史はもう一度うなずきで応えて、フルフェイスのヘルメットを被《かぶ》る。

「とりあえず、これを持って行け。……取り上げておいたアイツの財布」

ジーンズの尻ポケットに捻じ込まれたのは、圭司の財布らしい。

いくらかはわからないが、現金だけでなくバイクの免許証も収められているはずだ。真顔で写っている圭司と怜史は双子のように瓜二《うりふた》つだと、免許証を囲んで三人で笑ったことを憶えている。

戸惑う怜史に、一眞は唇の端を吊り上げて苦笑して見せる。

「圭司には、俺が怒られてやるから。気をつけろよ」

ポンとヘルメット越しに頭を叩かれて、小さく何度も首を上下させた。

目的地も、なにをするかも……決めることなく、バイクを走らせる。

ただ、自分を知る人間が皆無なところに行きたい。なにも考えなくてもいいように、一人きりになりたい……と。

それだけを求めて、現状から逃げ出した。

□　□　□

踏んだり蹴ったり。もしくは、泣きっ面《つら》に蜂《はち》。

前髪を伝い落ちてくる雨雫《あめしずく》が目に入って、目の前が滲む。瞬《まばた》きをしても、ぼやけた視界は晴れない。

眉を寄せて手の甲で目元を拭った怜史は、墨をぶちまけたように真っ黒な空を仰いで恨み言を口にした。

「弱っている人間に、追い討ちをかけるなよっ！」

そうして天候へ八つ当たりしたところで、当然ながら雨がやむわけではない。

何時になっているのか……取り出した携帯電話で確認すると、午後四時を過ぎたところだった。

山越えの途中でガソリンが尽きてしまい、バイクが役に立たなくなってから、一時間半くらい経《た》っている。

乗ることができないのなら、厄介な大荷物としか言いようのないバイクを道の端に放置して、歩き出したのはいいが……民家どころか、通りかかる車の一台もない。

怜史には、まったく馴染みのない土地だ。適当にバイクを走らせてきたので、ここが何県なのかさえわからない。

「鉄扉のところに、私有地って書かれてたもんなぁ……」

山に続く道の入り口には、赤字で私有地とペイントされたプレートが取りつけられた、頑丈な鉄製の扉があった。

ただ、門《かんぬき》部分の南京錠《なんきんじょう》は引っかけられているだけで施錠はされておらず、試しに手で押してみたら鈍い音を立てて開いた。それを幸いとばかりに、通り抜けさせてもらうことにしたのだ。

引き返すという選択は、頭を過《よぎ》りもしなかった。来た道は絶対に戻らないのだと、半ば意地になっているという自覚はある。

そうして安易に不法侵入したことの、罰《ばち》が当たったのかもしれない。

予想より山が深いらしく、こうして一人きりで山道を歩いていると、果てがないようにさえ感じる。

せめてもの救いは、足元が舗装されたアスファルトの道路だということだろうか。少なくとも、管理を放棄された山ではなく定期的に誰かが訪れているのだろう。

その『誰か』が、偶然通りかかる望みは……限りなくゼロに近いと思うが。

「いつかは、山を下りられるだろ」

富士山じゃあるまいし、何とかアルプスと呼ばれるクラスの険しい山でもないのだから、こうして道路を歩いていればいずれ山を越えられるはずだ。下手にショートカットを試みて道を外れなければ、遭難する恐れもない。

そう自分に言い聞かせて、ただひたすら前に向かって歩き続ける。

この雨さえやんでくれれば、もう少し歩きやすいのに。

靴の中まで、グショグショになっている。濡《ぬ》れて重くなったTシャツやジーンズも、身体に纏わりついてくる。

濡れていることに加えて、真夏とはいえ、そこそこ標高の高い山中は気温が低いらしく……だんだん寒くなってきた。

「ックしゅ！」

怜史は歩きながら一つ大きなクシャミをして、ブルッと肩を震わせた。頭上からは、容赦なく雨が降り続いている。

少し……ちょっとだけ、休みたい。そう思った怜史は、休憩できそうな場所を探して周りを見渡す。

「あ、あそこなら……」

道の端に、腰かけるのにちょうどいいサイズの岩が転がっている。道路側に大きな木の枝が張り出しているので、うまく傘の役割を果たしてくれそうだ。

既にびしょ濡れになっているのだから、今更、少しばかり雨を凌《しの》いだところで無意味だとは思うが。

「……はぁ」

ゴツゴツとした岩に腰を下ろして、深く息をついた。

衝動のまま家を飛び出したのはいいが、こんなところでなにをやっているのだろう。

そう思えば、ふっと自嘲の笑みが漏《も》れる。

不思議なことに、バカなことをしているとは感じても、やめておけばよかったという後悔は欠片《かけら》もなかった。

自分が、これほど大胆な行動に出られるとは。身体は疲れ切っているのに、何故《なぜ》か気分は爽快だ。

「そろそろ、日暮れか」

街灯の類《たぐい》はなさそうなので、夜になれば真っ暗になるだろう。ますます身動きが取れなくなりそうだ。

うつむいていると、よくないことばかり考えそうになる。奥歯を噛んだ怜史は、勢いよく頭を左右に振って思考を切り替えた。

とりあえず町に出たら、一番に目についたコンビニへ入ろう。ひとまず、あたたかい飲み物と食べ物を買って腹に収めて……そうだ、地図で現在地の確認もしたほうがいいかもしれない。

楽観的に考えようとしても、降り続く雨が現実逃避を許してくれない。

「コンビニかぁ……いつになるかな」

悪天候に加えて、日没が近づいていることで先ほどより暗さの増した空を見上げる。重いため息をついた直後、道路や木々の葉を叩く雨音の中に異質なものが混じっていることに気づいた。

これは……エンジンの音?

耳を澄ませて、車のエンジン音に違いないと確信が持てた瞬間、怜史は腰かけていた岩から立ち上がった。

こちらに向かって、徐々に近づいてくる。

カーブを曲がり、ライトが濡れた路面を照らして……一歩踏み出したところで、腰かけていた岩の脇にあった拳大の石を踏みつけてしまった。

「ッ！」

ヤバい！ と思った次の瞬間、ふらりと車道側に身体が傾いた。

視界を覆う眩《まぶ》しいほどのライトの光と、タイヤが濡れた路上を滑る音……反射的に目を閉じて、グッと身体を硬くする。

全身に衝撃を受けるまでの時間は、わずか数秒だったはずだ。

すべての音が遠ざかり、静寂が怜史を包んだ。息苦しさを覚えて詰めていた息を吐くと同時に、雨音が戻ってくる。

なにがどうなっているのか……恐る恐る瞼を開いた。直後、怜史を覗き込む男の顔が目に飛び込んできた。

「……少年、生きてるか？ ま、生きてるだろうな。かすった程度で、まともに当たってねぇからなー」

「ぁ……」

ぼんやりしていると、手首を摑まれて強く引っ張られる。

転がっていた道路から上半身を引き起こされた怜史は、現状を確かめようとキョロキョロ

視線を巡らせた。

肩や背中、手足……と。身体のあちこちから鈍い痛みを感じるけれど、覚悟していたほどの激痛はない。

そういえば……低い声が、まともに当たっていないと言っていたか。ということは、この痛みは転んだ際に路面に打ちつけた際のものだろう。

「私有地なんだ。うろついてる人間がいるなんて、想像もしていなかったから驚いただろうが。しかも、車の前にふらふら飛び出してきやがって。獣かと思ったぞ。轢《ひ》き殺されなかった幸運に感謝しろ」

感情を抑えていることが伝わってくる、淡々とした響きの低い声でそう口にした男を、のろのろと見上げた。

視線が絡んだと同時に、グッと息を呑《の》む。

さっきは、顔の造作など気にする余裕がなかったからわからなかったが……こんな『いい顔』、初めて生で見た。

スッキリとした印象の、涼しげな切れ長の目……不自然ではない程度に、鼻筋が通っている。唇は少し薄めで、全体的に派手な造りではないが、『端整』という表現がこれほどピッタリな容貌の人間はそうそういないだろう。

これまでに、店を訪れる数百人単位の老若男女と接してきた怜史だが、目の前にいる男は群を抜いた美形だと断言できる。

降りしきる雨の雫が真っ黒な髪を伝い落ち、額に張りつくのが鬱陶《うっとう》しいのか……ほんの少し眉間《みけん》に皺《しわ》を寄せて前髪をかき上げる。

大きな手だ。武骨なのかと思えば先端に近づくにつれて細くなるスラリと長い指に、自然と目を奪われた。

取り立ててどうということのない仕草さえ、この人物をいかによく見せるか計算しつくした上での演出のようだ。

この状況と相まって、すべてが現実感に乏しい。

怜史が言葉もなく男の顔を凝視していると、怪訝な響きで「おい？」と零して眉間に刻んだ皺を深くする。

不機嫌を表す声と表情に、惚けていた怜史はようやく我に返った。

「あ……っ、あの、ッッ！　い……ってぇ」

足を投げ出して座り込んでいた道路から立ち上がろうとしたのだが、右足首に鋭い痛みが走って動きを止めた。

咄嗟に手を当てたことで、あちらにも怜史の状態が伝わったらしい。

険しい表情のまましゃがみ込んだ男に、無言で右足首を握られて、「イテッ！」と短く叫んだ。

「捻ったか?」

低くつぶやき、チラリと上目遣いで怜史を見る。これほど至近距離で目にしても、粗を見つけられない見事な面相だ。

男から目を逸らした怜史は、ポツリと口にした。

「……かも」

「チッ」

怜史の答えに、男は一つ舌打ちをして、手を離す。忌々しく思っていることを隠そうともしない。

先ほどから、紳士然とした容貌を裏切る口の悪さと乱雑な動作だ。それがかえって、この男の発する独特のオーラを際立たせているような気もするが。

座り込んだまま動こうとしない怜史に焦《じ》れたのか、

「仕方ねぇな。とりあえず乗れ」

それだけ零した男に二の腕を摑まれ、グッと強く引かれて立ち上がるよう促された。

仕草は決して優しいものではなかったし、面倒だと露骨に出している。けれど、立ち上がった直後にふらついた怜史を、さり気なく支えてくれたことはわかった。

普段の怜史なら、初対面の人間の車に乗ろうなどと考えもしない。

接客業としては不向きかもしれないが、基本的に人見知りで……見知らぬ人を前にすると、自然と身構えてしまうのだ。

でも、今は非日常の極みだった。

この人は誰だ、とか。

車に乗せられて、どこに連れて行かれるのか……とか。

頭の隅を過った疑問をすべて無視すると、男が開けた助手席のドアをくぐって無言でシートに腰を下ろした。

《三》

降り続く雨の音が、窓の外から聞こえてくる。風を伴う雨は大きな窓ガラスに吹きつけられ、絶え間なく流れ落ちていく。

外の景色が滲んで見えて、まるで水中に沈められた箱の中にいるみたいだ。

「とりあえず、こいつで冷やしてろ。腫《は》れ具合からして骨は無事そうだな」

そんな言葉と共に、しゃがみ込む人影が視界の隅に入る。ぼんやりしていた怜史は、ハッと現実に立ち戻って窓に向けていた顔を戻した。

「ッ……どうも」

湿布や包帯はねぇから……と、ビニール袋に入れた氷を載せられる。

冷たさに肩を竦ませたけれど、捻った足首は熱を持っているらしく、ひんやりとした感触は心地よかった。

怜史を乗せて山道を登った車は、この山のほぼ頂上に位置するログハウス風の小ぢんまりとした建物の脇で停まった。

促されるまま建物に入り、濡《ぬ》れ鼠《ねずみ》だなと眉を顰めた男に「コイツを着てろ」とTシャツとハーフパンツを差し出されて遠慮なく着替え、簡単な手当てをしてもらい……ようやく人心地がついた。

乾いた服が肌に快く、真夏とはいえ数時間に亘《わた》って雨に打たれたことで、自覚していた以上に身体が冷えていたのだと知った。

「インスタントコーヒーしか用意できないが。ホットでいいだろ?」

「……うん」

怜史がうなずくと、立ち上がった男が背中を向けてオープンキッチンへ足を向ける。小さく息をついた怜史は、さり気なく室内に視線を巡らせた。

フローリングの中央に敷かれた、毛足の長いラグマット。マットの上には、今、怜史が腰を下ろしている……床からの高さが三十センチほどの座り心地のいいローソファ。その前には、楕円形《だえんけい》のガラステーブル。

顔を上げるとちょうど正面に位置する壁際に、大きな薄型テレビが設置されている。

カウンターを備えたオープンキッチンの奥には、大型冷蔵庫や立派なオーブンレンジといった電化製品が見て取れる。

生活臭のほとんどないスッキリとしたシンプルな空間だが、生活に必要なものは一通り揃えられているようだ。

怜史がイメージする、避暑地に建つ『優雅な別荘』そのものだった。

ただの装飾か実用性のあるものかはわからないが、リビングらしきこの部屋の隅には暖炉まであるのだ。

玄関脇にあったドアの先は、バスルームだろうか。ということは、この部屋の奥にあるドアは寝室に繋《つな》がっているのかもしれない。

ファミリー向けの間取りではないけれど、一人か二人で生活するには充分すぎる広さだろう。

「ほら」

「……ありがと」

差し出されたマグカップを受け取りながら反射的に礼を口にすると、男は一瞬だけ意外そうな顔で怜史を見た。

けれど、すぐさま何事もなかったかのような無表情に変わる。

「おまえの服は乾燥機の中だ。そいつを飲んで……服が乾いたら、山の下まで送ってやる。バイクは適当に取りに来い」

つまり、用が済めばさっさと出て行け……と。

マグカップに口をつけて熱いコーヒーを一口含んだ怜史は、頭に浮かんだことをそのまま言葉にした。

「足が痛くて動けない。あんたのせいなんだから、治るまでここに置いてよ」

「……あほか。なんで俺が、そこまで面倒を見てやらなきゃならん。だいたい、おまえが俺の車の前に飛び出したのが、そもそもの原因だろう。それで言えば、俺のほうが被害者じゃねぇか？」

「その言い分、警察にも通用する？　前方不注意なんじゃないの？」

「ッ……こまっしゃくれたガキだな」

自分でも、よくこんなとんでもないコトを言える……と呆《あき》れるばかりのセリフが、次々と口から飛び出した。

普段の怜史は八方美人で、事なかれ主義の『イイ子』だ。

なんでも「ハイ」と素直に受け入れて反抗しない『イイ子』でさえいれば、両親も教師も機嫌がいいのだ。圭司のように、対立して怒鳴り合うことを想像するだけで、ストレスを感じた。

自我を主張して他人と対立するくらいなら、多少不快に感じていても黙って我慢してやり過ごすほうを選ぶ。

そんな怜史にとって、今の自分はまるで別人だ。

昨夜から続く非日常の連続が、いつになく大胆な言動を取らせていた。自暴自棄になっているというより、開き直ったというほうが近いかもしれない。どうせこの人は、いつもの怜史など知らない。

唇を引き結んで男を見ていると、チラリとこちらに目を向けてくる。

「警察沙汰《ざた》、か。それが一番厄介だな。……くそ、予定外だが」

苦いものをたっぷりと含んだ声でそう零して、大きく息をついた。右手で自分の髪を掻き乱し、「面倒な」と忌々しげな一言を零す。

もう一度深呼吸をした男は、乱れた前髪の下からジロリと怜史を見遣った。

「歩けるようになったら、勝手に出て行け。送らねーぞ」

「……うん」

不承不承ながら、ここに置いてくれるらしい。衝動のまま街を出たのはいいが、行き場を決めていなかった怜史はホッとしてうなずいた。

とりあえず、雨風を凌げそうだ。

警察という、苦し紛れに発した一言がこれほど効果的に働くとは……怜史にとって嬉しい誤算だった。

「え……っと、ナニさん?」

呼びかけようとしたところで、この男の名前を聞いていなかったことに気づいた。そういえば、怜史も名乗っていない。

「ああ?」

「オジサンの名前。名前がないなら、権兵衛《ごんべえ》さんって呼ぶけど」

名無しと言えば、権兵衛だろう。

そう口にしながら、男と目を合わせる。すると、眉間に深い皺を刻んで露骨に不快だと表した。

「無礼極まりないヤツだな。俺はまだ三十だ。オジサンって歳じゃねーぞ。おまえから名乗れよ、家出少年」

家出少年。

そんな言葉にギクリとしたことは、なんとか表情に出すことなく隠せたはずだ。からかうような軽い口調だったが、高校生だということは知られないほうがいいだろう。

幸い、怜史は実年齢より落ち着いた雰囲気を持っていると周りから言われている。二つ三つサバを読んでも、疑われないはずだ。

「い、家出じゃねーよ！　大学、夏休みだし……やることなくて暇だから、適当にぶらついてただけだ」

「ふ……ん？　まぁ、どうでもいいが。説教する気もなけりゃ、そんな立場でもねぇし。で、身元を明かしやがれ」

それは、本当にどうでもよさそうな口調で……自然と力んでいた肩から力を抜く。

怜史は、どう答えるべきか思考を巡らせた。

これまでの自分を置き去りにしたいし、なにより相手が正体不明ということを考えると、本名を名乗るのは避けるに越したことはない。

でも、適当な出任せを口にしたら、呼ばれても反応できないかもしれない。それでは、あまりにも不自然だろう。

迷いは数秒だった。

「……サト」

嘘《うそ》ではないが、バカ正直にフルネームを名乗って身元を明かす気もないと、男には伝わったはずだ。

文句を言われるかと思ったけれど、男は怜史が偽名を使おうが年齢のサバを読もうが、本当にどうでもいいのかもしれない。

本名か、と念を押すこともなくあっさりうなずいた。

「サト、ね。俺はヒロセだ。身動きが取れなくても世話なんぞしないし、一切面倒も見ないからな。転がろうが床を這《は》おうが、自力でどうにかして適当にやれ。俺も自分の好きにするが、おまえも腹が減ったら勝手にそのあたりのものを食え」

「……了解」

むしろ、放っておいてくれる方がありがたい。

男の名乗った、『ヒロセ』も本当の名前かどうかわからず……互いに、確かなものはなにもない。

非日常。見知らぬ人間。

……だから、気が楽だった。

「マグカップや食器なんかも勝手に使っていいが、使ったものは片づけろよ。あと、俺がなにをしていようが干渉するな。邪魔するな」

「……うん」

うなずいた怜史に、男……ヒロセは「チッ」と舌打ちをして顔を背けた。

忌々しいという思いを、露骨に出している。

怜史はそれに気づかない鈍感のふりをして、そ知らぬ顔でマグカップに残っているコーヒーを飲み干した。

□　□　□

「はぁ……」

リビングのソファベッドに背中をつけた怜史は、大きく息をついて全身の力を抜く。こうしていると、身体が沈み込んでいく……という錯覚に包まれる。

ぼんやりと天井を見上げて、異様に長かった今日一日を思い起こした。

家を出たのが、日付が変わった直後で……目的地を定めずバイクを走らせること、約半日。日が沈みかけたところでガス欠となり、山道を歩き始めた。

雨は容赦なく降り続くし、人どころか車の一台も通りかからない。

見知らぬ土地の、山の中という状況も相俟《あいま》って途方に暮れかけていた怜史を、車で通りかかった正体不明の男……『ヒロセ』が拾ってくれた。

正確には、この山荘にかなり強引に押しかけることに成功した。怪我の功名とは、このことか。

最小の光源に設定した半球形のシーリングライトが、薄ぼんやりとした光を放っている。

耳に神経を集中させても、ヒロセがいるはずの部屋からは物音ひとつ聞こえてこない。さほど分厚いものではないと思うが、扉一枚で気配まで遮断しているらしい。

ヒロセが奥の部屋に入るのを待って、怜史はひと通りこの山荘内を見て回った。

小ぢんまりとした山荘には、しばらく籠《こも》りきりで生活しても不自由がないだけの備えがしてあるようだった。

大きな冷蔵庫には、生鮮食品だけでなく……冷凍食品や缶詰、レトルトパックの簡易食料に至るまでギッシリと詰め込まれていた。問題なく上下水道が使えるようなのに、ペットボトルに入った飲料水の箱も壁際に積み上げられている。

パウダールームには大きな洗濯乾燥機があるにもかかわらず、ストッカーに新品のタオルや下着がギッシリと詰まっていて、洗濯の必要などなさそうだ。

なに一つ不自由のない快適な住空間かと思えば、このリビングにある立派な大型テレビは放送が受信できない状態だった。

どうやら、アンテナを繋いでいないらしい。その代わりのように、大量の映画や海外ドラマのDVDが用意されていた。

そして、ガラステーブルの脇には、細かなピースの大きなジグソーパズルと手間暇のかかりそうな凝った帆船模型の組み立てキットの箱が、いくつも重ねられている。

まるで、この建物から一歩も出ず時間潰しをすることを前提として、予め様々なものを揃えていたかのような……奇妙さを感じる。

かといって、あの男が誰かに監禁されているわけではないのは確かだ。ああして、自ら車を運転していたのだから。

この状況は、ヒロセが自主的にこの山荘に閉じ籠ろうとしているとしか思えない。

「冗談じゃなさそう……って気がしてくるな」

つい零した独り言は、降り続いている雨の音が掻き消してくれた。

奥の部屋へ入る直前、ヒロセはぼんやり見送っていた怜史を振り返り、人の悪い笑みを浮かべて言い残したのだ。

「俺は、ここに身を隠そうとする逃亡中の凶悪犯かもしれないぞ。……ビビったら、明るくなると同時に出て行けよ」

……などと。

ミステリー小説じゃあるまいし、そんな子供騙《だま》しの脅し文句に乗るものか。と言い返して眉を顰めた怜史だが、この状況に鑑《かんが》みれば可能性としては否定できない。

逃亡中の犯罪者、か。

普段の怜史なら、君子危うきに近寄らずとばかりに、厄介そうなことからは遠ざかる。面倒事には、関わらないのが一番だ。

でも、今は……。

「どうでもいいか」

この一言が、すべてだった。自分に、これほどふてぶてしく……大胆な部分があったことを、初めて知った。

きっと、ヒロセがこれまでの怜史を知らないからだ。『イイ子』でいなければと、取り繕う必要が微塵《みじん》もない。

あの男に嫌われようが、『こまっしゃくれたガキ』呼ばわりされようが、今の怜史にとっては痛くも痒くもないのだ。

そう思えば、不思議なくらい爽快な気分だった。

捻った右足首は、熱を帯びてズキズキと疼《うず》いている。

鈍い痛みはあるけれど、今でも歩けないほどではないし……二、三日で支障なく動くことができそうだ。

このことを、ヒロセには感づかれないようにしなければならない。しばらく動けないふりをして、ここに居座るために。

《四》

ＩＨコンロが四つもある立派なシステムキッチンなのに、主に使用されているのは電気ケトルとオーブンレンジ……それも、グリルやスチームまでできる最新機種にもかかわらず、電子レンジ機能のみが活躍している状態だ。

エスプレッソやカプチーノまで作れる高機能のコーヒーメーカーがあるのに、その脇に置かれたインスタントコーヒーばかりが消費されている。

ダストボックスには、冷凍食品やインスタント食品の入っていたパッケージがどんどん増え、ビールの空き缶やワインボトルが無造作に転がっていた。

「今日の昼は、レンチンピラフとインスタントスープか。朝は……ピザ？　見てるだけで、具合が悪くなりそ……」

冷蔵庫の野菜室から取り出したトマトを手にした怜史は、ダストボックスから零れ落ちている冷凍ピラフのパッケージを見下ろして、ポツリとつぶやいた。

最近の冷凍食品を馬鹿にしてはいけないということは、怜史もわかっている。

添加物をほとんど使わず作られているし、急速冷凍技術によって最適な状態でパッキングされているのだ。

味よく見た目よく、身体にもよく……優秀なものもたくさんある。

理屈ではそう理解していても、冷凍ピラフとインスタントスープだけの食事を気持ちが「良し」としない。

せめてサラダを添えるとか、デザートにフルーツを食べるとか、生鮮食品を摂《と》ることも必要なのでは。

「昨日の三食と、今日の朝、昼……で五回目か。料理ができないのか、する気がないのか、どっちだろ」

指を折って、冷凍食品が中心のヒロセの偏った食事回数を数える。調理を面倒がっているだけなのか、技術的にできないのかはわからない。

怜史なら、ベースが同じ冷凍ピラフでも野菜と卵を足してオムライスにしたり……トマトソースで煮込んでリゾットにしたりと、なにかしら手を加えたくなるので、ヒロセの健康的とは言い難い食事内容が気になってたまらなかった。

食事に頓着しないのは、男には多いタイプだ。高校や予備校でも、毎日菓子パンやブロック状の栄養補助食品を昼食にして、平然としているクラスメートもいる。

「ううう、余計なお世話かなぁ。でもなー……」

手に持った真っ赤なトマトを見下ろして唸《うな》ったが、偏った食事を続ける本人より、こうして痕跡を目にするだけの怜史のほうが限界だった。

「いいや！　気に入らなかったら、手をつけないだろうし。後でどうとでもできるか」

自分の独り言に、そうしようとうなずいて、食器が揃えられているストッカーから白いサラダボウルを取り出す。

二つのボウルを並べておいて、櫛切《くしぎ》りにしたトマトとサニーレタス、軽く茹《ゆ》でたカラフルなパプリカを盛りつけた。

スライスアーモンドを散らして、オリーブオイルと岩塩、ブラックペッパーに白ワインビネガーで簡単に作ったドレッシングを、ミルクピッチャーに注ぐ。

「我ながら、いい出来ばえだな」

完成したのはいいが、どこに置けばヒロセへのものだと気づいてもらえるか、サラダボウルを手にしたまま悩む。

……ビールを取り出すために、一度は冷蔵庫を開けるだろう。

冷蔵庫に収めることを決めると、メモ用紙に『よければ食べてください』とだけ書き記して、ボウルを覆ったラップの上に乗せた。

「あ、ついでにカットフルーツも置いておこ」

ヒロセは包丁も握らないようなのに、どうして大きなスイカやパイナップルがあるのか謎だが……生ものなので、このまま放っておいたら腐ってしまう。

もったいないことになってしまう前に切り分けて、今日明日で食べられそうな量を残して冷凍してしまうことにする。スイカもパイナップルも、シャーベットのようになって美味しいのだ。

「これでよし、と」

使い終えた包丁を洗った怜史は、タオルで手を拭《ふ》きながら満足の吐息を漏らす。昨日から気になっていたものをすべて片づけられて、スッキリとした。

カウンターテーブルで自分の昼食を済ませると、使い終えた食器類を洗ってキッチンを出た。

さて、これからどうするか。

昨日、手持ち無沙汰な怜史がジグソーパズルを広げても、ヒロセはなにも言わなかった。自分も勝手にするという宣言通りに、ソファに腰を下ろしてシリーズものの海外ドラマのＤＶＤを眺めていたのだ。

同じ部屋にいても話しかけてくることなく、マイペースに食事をしてバスルームを使い、寝室らしき奥の部屋へ姿を消した。

今日は、昼食の後にそこへ入ったきり出てこない。

この山荘内はひと通り見て回ったのだが、奥の部屋はヒロセがいたので覗くことができず……どうなっているのか、謎だ。

「んー……おれ、つまんない人間かも」

これまで怜史は、時間潰しというものをしたことがなかったかもしれない。高校の授業に必要な予習と復習、店の手伝い……夏休みに入ってからは、予備校での講義に備えた学習と、なにかとやらなければならないことがあったのだ。

小学生の頃は無限にあるように感じていた夏休みだけれど、中学に入ったあたりからはあっという間に過ぎ去る期間になってしまった。

暇を持て余すような『間』など、ここしばらく皆無と言ってよかった。こんなふうにポンと放り出されてしまったら、途方に暮れてしまう。

「続き、しよっかな」

床のラグに座り込み、枠組みとなる部分の六割ほどを組み立ててあるパズルに向かう。

箱のパッケージは、海中を飛ぶように泳ぐ一羽の皇帝ペンギンだ。水面からの日光が差し込み、淡い水色から藍《あい》色、紺色へと少しずつ色調の変化する海中の写真はキレイだが、細かなピースのパズルになれば厄介でしかない。

「ほぼ、青のみだもんなぁ」

怜史が右手に持った一センチ四方のピースは、『青』だ。因《ちな》みに、左の手のひらに載せてあるピースも、ほぼ同じ色調の『青』。白や黒の体毛を持つはずのペンギンでさえ、海の青に溶け込んでいる。

これが、二千ピース……。

パズルのセオリーとして、まずは枠となる周辺部分を組んでしまおうと思ったのだが、予想よりずっと時間がかかりそうだ。暇潰しを目的とすれば、かなり優秀なモノだとは思うけれど。

「海、か。そういえば、海なんてどれくらい見てないだろう」

夏休みのレジャーといえば、一番に思い浮かぶのは海水浴やプールだと思うけれど、怜史には家族で海に出向いた記憶はない。

大型連休等の、一般的に家族で外出する機会の増える時期は、サービス業にとってかき入れ時というやつだ。普段だと定休日となる月曜日でも、祝日は特別に開けるくらいなのだから。

八月も後半になってから数日の臨時休業を設けるのだけれど、大人たちの休息を目的とした休暇なので温泉地で過ごすか高原での避暑が中心で、海水浴の類とは無縁だった。

そのせい……にしてはいけないのかもしれないが、怜史は泳ぎが苦手だ。高校に、プールがなくて幸いだった。

海自体も、特別好きではないけれど……。

「なんか、気持ちよさそう。ペンギンって、本当にこんなふうに泳ぐのかな」

箱の写真をマジマジと見つめて、独り言をつぶやいた。合成写真でないのなら、見事な一瞬を切り取っている。

海中を泳ぐというより、水を掻き分けて『飛んでいる』という表現がピッタリだった。空を飛べないはずのペンギンが、のびのびと気持ちよさそうに大海原を飛んでいて……自由を謳歌《おうか》している。

ふと水音が耳に入り、窓の外に視線を移した。

一昨日ここに来た時に降っていた雨は、一度は上がったのだが、昨日の夕方から再び降り始めた。

激しい雨音を響かせていたかと思えば、音のない霧雨となったり……断続的に、降ったりやんだりを繰り返している。

リビングの大きな窓を伝い落ちる水のカーテンは、すっかり見慣れたものになった。

「……あ」

ぼんやりとしていた怜史は、奥の部屋のドアが開く音にハッとして反射的にそちらを見遣った。

大あくびをしながら、ヒロセが出て来る。

リネンかコットンのゆったりとしたパンツに、なんの変哲もないTシャツというラフな格好なのだが、不思議とだらしない雰囲気や怠惰な空気は感じない。抜群のスタイルに加えて、姿勢がいいせいだろうか。

「………」

チラリとだけ怜史に視線を向けると、無言でキッチンへ入って行った。言葉はなかったが、あの目は『まだいるのか』と語っていた。

冷蔵庫を開ける音……数秒の間があり、パタンと閉じられる。

「おい」

これまでは透明人間のように扱われていたので、そんな低い一言が、自分にかけられた言葉だと気づかなかった。

ぼんやりとパズルを見下ろしていた怜史は、

「おい、おまえ……サト！」

そう名前を呼ばれたことで、ビクッと大きく肩を震わせる。

怜史を略した、サト。

最近だとあまりそう呼ばれないが、子供の頃は兄の圭司が『ケイ』で自分は『サト』と呼ばれていた。

だから、咄嗟に反応することができた。

「はっ？　ハイ！」

返事をしながら勢いよく振り返り、キッチンカウンター越しにこちらを見ているヒロセと視線を合わせる。

相変わらず、あまり機嫌のよくなさそうな難しい顔をしていた。もとの造りはいいのに、もったいない。

「なんだ、コレ」

ヒロセが右手に持っているのは、先ほど冷蔵庫に入れておいたサラダボウルだ。目をしばたたかせた怜史は、聞かれたことにストレートに答えた。

「なんだ……って、サラダ」

「そうじゃねーだろ……」

惚《とぼ》けた返事だと思ったのか、ヒロセは大きく息をついて肩を落とした。意図的にボケるつもりではなかった怜史は、少し慌てて言い繕う。

「余計なお世話だと思ったけど、ヒロセ……さん、あんた間違いなく野菜不足！　今の食生活だと、血がドロドロになるよ」

そう返した怜史に、ヒロセはグッと眉間の皺を深くした。右手に持っているサラダボウルと怜史の顔のあいだに視線を往復させて、低く口にする。

「っとに、余計なお世話だ。ドロドロな俺の血をサラサラにしたところで、おまえが得することなんてなにもないだろ」

「……そりゃそうかもしれないけど、損得の問題じゃないっていうか……別に見返りが欲しいわけじゃないし」

思うまま口にすると、ヒロセはなんとも形容し難い表情になった。

どう表現すればいいのだろう。

耳慣れない、外国の言葉を耳にしたかのような不可解そうな顔で……意味を図りかねているのでは、とこちらのほうが不思議な気分になる。

「見返りが欲しいわけじゃない、か」

そのつぶやきは、怜史に尋ねる意図で零したものではなかったかもしれない。けれど怜史は、反射的にうなずいて答える。

「うん。だいたい、どんな見返りがあるっていうんだよ。おれが勝手にしてるだけだから、気に入らないなら放っておいていい。あ、だからって捨てるなよっ？　夕食の時に、おれが食う」

実際、見返りを得ようなんて考えもしなかった。なにより、サラダ一つで釣り上げることのできる見返りってなんだ、と笑ってしまう。

「…………」

ヒロセは、もうなにも言うことなく、唇を引き結んで背中を向けた。どうやら、サラダボウルを冷蔵庫に戻したようだ。

缶ビールを持ってキッチンから出てくると、相変わらずの仏頂面でソファの端に腰を下ろした。

パシュッと軽快な音と共にプルタブを開けて、ラグに座り込んだ怜史が向かっているパズルを見下ろす。

「……暇そうだな」

ニコリともせずそれだけ言うと、ビールに口をつけた。気楽で羨ましい……とでも続けたそうな響きの一言に、つい唇を尖らせる。

「コレを用意していた本人に、言われたくない」

「俺が持ち込んだわけじゃねーよ。時間潰しができるものを適当に揃えておけっつったら、ソレだ」

ソレ……と、パズルや模型の箱、テレビの脇に積み上げられている大量のＤＶＤを視線で示す。

誰かに、暇潰しとなるものを用意しておくように指示したらしい。

誰に？　どうして？

そんな疑問が顔に出ていたのか、喉を鳴らしてビールを飲んでいたヒロセは、チラリと怜史に目を向けて人の悪い薄ら笑いを浮かべた。

「逃亡者としては、大人しくココに身を隠しておく必要があるからな」

「……ふーん」

どうでもいい、と。

脅し文句を聞き流した怜史に、ヒロセは笑みを深くした。

「信じるも信じないも、おまえの好きにすればいいが」

気負いの一切ない言葉は、かえって信憑性《しんぴょうせい》を感じさせる。でも、脅しに乗せられてここから出て行けば、ヒロセの思うツボだ。

半ば意地になった怜史は、ほんの少し湧きかけた不安を押し隠して言い返した。

「ヒロセ……さんが、犯罪者だったとしても、おれが直接なにかされたわけじゃないし。どうにかする気なら、ここに来た日の夜にされてる」

背後のヒロセを振り向いて、キッパリと言い切った。話している途中で、湧きかけた不安はどこかへ行ってしまった。

すると、ヒロセはわずかに目を瞠《みは》り……ククッと肩を震わせる。笑われると思っていなかった怜史は、ドギマギと目を逸らした。

これは、なんだろう。予想もしていなかった表情の変化を見せられたせいか、心臓が変に脈打っていた。

「はは……っ、意外と賢いな。つーか、わざわざ言い直すなら、最初っから『さん』づけなんざしなくていい。まどろっこしい」

「そっ。おれ、意外と賢いんですぅ。ヒロセ、は、大人なのに虐《いじ》めっ子みたいだ」

動揺を誤魔化そうと、ヒロセの言葉に早口で答える。ついでに、ヒロセという人間につい

「図々しいガキだけど面白い」

「虐めっ子、か。そんなの初めて言われたなぁ。おまえ、図々《ずうずう》しいガキだけど面白い」

図々しい……か。

怜史こそ、そんなことを他人から言われたのは初めてだ。大人の怜史に対する評価はずっと、聞き分けのいい優等生だったのだ。

自分をよく見せよう……、周りの期待に添わなければ、と。

そうして取り繕う必要が一切ないのは、なんとも痛快な気分だった。

今まで無理をしていた自覚はなかったけれど、本当の自分は、ヒロセが言うように『図々しい』上に『こまっしゃくれたガキ』なのかもしれない。

不思議な心地で目を合わせていると、ヒロセは表情を消して怜史から視線を逸らした。どことなく気まずそうな空気を漂わせているので、なにかと思えば……。

「……トマト」

ポツンと、予想もしていなかった一言を口にする。唐突な言葉の意味を図りかねて、小首を傾《かし》げた。

「え?」

「生のトマトは苦手なんだよ。トマトソースなら嫌いじゃない」

言葉の意味を少しだけ考えた怜史だが、それが、冷蔵庫にあるサラダについてだと気がついた。

生のトマトを食べられない、か。

「わ……わか、った」

淡々と答えようとしたのに、声が震えるのを押し殺しきれなかった。

堪《こら》えきれずに怜史が笑っていることは、ヒロセにも伝わったに違いない。手にしていた缶ビールを握り潰すと、腰かけていたソファから立ち上がる。

機嫌を損ねたかと思ったけれど、キッチンから戻ってきたヒロセの手にはラップを剝《は》がしたサラダボウルがあった。

「食え」

「……って？」

「トマトだよ。それ以外のものは、食ってやる」

偉そうに宣言されて、無言で目を細めた。

……どうして、こんなに上から目線なのだろう。見た目は文句のつけようがないほど大人で、いい男なのに……駄々っ子みたいだ。

櫛切りのトマトを摘《つま》み、自分の口に放り込む。トマトのなくなったサラダを、ヒロセは満足そうに見下ろしてラップをかけ直した。

怜史は、冷蔵庫にサラダボウルを戻しているヒロセの背中をチラチラ見ながら、『虐めっ子』

という分析に『駄々っ子』という一文を付け足した。

外見とのギャップが激しすぎて……やっぱり、おかしい。

自分の思考に噴き出しそうになった怜史は、コホンとわざとらしい咳払《せきばら》いをして溢れそうになった笑いを誤魔化した。

□□□

大きな冷蔵庫を開けて、覗き込む。賞味期限が長くなさそうなものを一つ一つ手に取り、印字されている日付を確認した。

とりあえず、牛乳と卵を使った方がよさそうだ。あとは……パッケージを開けているチーズと、ヨーグルト。

「今朝の朝食は、洋風だな」

怜史が朝メニューを考えていると、奥の部屋の扉が開いてヒロセが出てきた。パジャマ姿のまま、大あくびを零しながらキッチンへ向かってくる。

冷蔵庫の前に立っている怜史にチラリと視線を向けると、インスタントコーヒーの瓶に手を伸ばした。

「……おはよ」

無視されるかな……と思いながらも、声をかけてみる。意外なことに、インスタントコーヒーの蓋を開けながら低い一言が返ってきた。

「ああ」

その直後、怜史は反射的にヒロセの前にあるマグカップを手で覆った。動きを止めたヒロセが、ギロリと睨みつけてくる。

咄嗟に手を出してしまった自分に、怜史自身が一番驚く。それでも、怯《ひる》まず……目を逸らすこともなく口にした。

「ああ……って、挨拶《あいさつ》とは認められない」

「……若いのに口うるせぇな」

不満たっぷりの言葉でも、返してきただけマシだろう。

眉間に深々と刻まれている皺は、ヒロセの機嫌が地の底を這っていることを如実に語っているけれど。

「俺の朝飯の邪魔をするな」

不機嫌な声で言いながら手首を摑まれて、ヒョイと横に退けられる。スプーンを使うことなく瓶を傾けてコーヒーの粉を移したヒロセは、ポットから湯を注いだ。ただし、どう見ても濃そうな色だ。

「っ」

ヒロセはその場に立ったままマグカップに口をつけて、先ほどとは種類の違う仏頂面になった。

……やっぱり。

なんとも微妙な変化だが、すぐ傍で見ているからわかったのだろう。

「えっと……牛乳、使う?」

怜史の問いに返事はなかったけれど、ヒロセが持っているマグカップに勝手に牛乳を注いでも苦情がないということは、やはりコーヒーが濃かったに違いない。

カフェオレ色になったコーヒーを無言で飲んでいるヒロセを見上げて、怜史は余計なお世話ついでだ……と、続けて話しかけた。

「よければ、朝食、ヒロセのも一緒に作るけど」

どうせ今から自分のものを作るのだから、それが二人分になったところで大した手間ではない。

そう思っておずおずと提案してみた怜史を、ヒロセはチラリと見下ろしてくる。目が合いそうになったところで視線を逃がすと、難しい表情のままコーヒーを飲み干してシンクにマグカップを置いた。

「ちなみに、今朝はフレンチトーストにする予定。あと、ヨーグルトソースのフルーツサラダとスープ」

さっき確認した食材を効率よく使えそうなメニューは、そのあたりかな……と思いながら言葉を続ける。

ヒロセからのリアクションは、なかった。

やはり、余計なお世話か。昨日のトマト抜きサラダを食べたので、潔癖症で他人の作ったものが食べられないというわけではなさそうだと思ったけれど……。

怜史に背中を向けたヒロセは、無愛想な声でつぶやいた。

「洗面と着替えをしてくる。……サラダにトマトはいらねーからな」

「は……ぇっ？」

驚きのあまり、拍子の抜けた間抜けな声を上げた怜史を振り返ることなく、キッチンを出て行ってしまった。

低く、小さな声だったけれど、聞き間違いではないはずだ。確かに、サラダにトマトは使うなと言われた。

恐ろしく遠回しな言い方だが、怜史の申し出を受けるという意味だろう。

「ひ……捻くれ者」

これまでにも、幾度となくヒロセに対して感じたことだ。今に始まったことではない。

それでも、ついそんな一言を漏らしてしまった。

一人キッチンに残された怜史は、ため息をついて再び冷蔵庫を開ける。

歓迎されている様子はなくても、自分のためだけに食事を作ることに比べたら張り合いがある。

フレンチトーストは、スタンダードな甘いものとベーコンとチーズを挟んだものの、二種類にしよう。スープも、インスタントをやめて自作することに決めた。

「トマトを使って、簡単なミネストローネにするかな」

独り言をつぶやいた怜史には、腕まくりをした自分が唇に無意識の微笑を浮かべているという自覚はなかった。

ただ、こうなれば美味い食事であの男の眉間の皺を解いてやる！　と、大きくうなずいて食材を並べた。


リモコンを手にしたヒロセが、テレビ画面に映し出されていたＤＶＤを停止させる。途端に、静かになった。

注視していた手元のパズルから顔を上げた怜史は、真っ黒になっているテレビ画面を何気なく見遣る。

「なんで、普通のテレビが映らないわけ？　ニュースとか、気にならない？」

ヒロセは、背後にあるソファに座っている。初日からずっと抱いていた疑問を、振り向くことなく尋ねてみた。

「……別に。なんだ？　自分と一緒にいるのが、デカい事件を起こして逃走している指名手配中の凶悪犯なんじゃないか……とかって、気になるか？」

どうやら、食べ物で懐柔作戦は的外れではなかったようだ。あるいは、ただ単に暇を持て余しただけかもしれないが、怜史の言葉に答えてくれる。

明らかに自分をからかおうという意図の見える言葉に、思わずヒロセを振り返る。

「そうじゃない。ヒロセが逃亡犯だろうと脱獄犯だろうと、おれは気にしないって最初から言ってるはずだけど」

「ふん、ひ弱そうな見てくれの割に、いい度胸だな」

目を細めたヒロセは、ほんの少し唇の端を吊り上げた。顔立ちが整いすぎるくらい整っているせいか、仏頂面《ぶっちょうづら》をしていると近寄り難い空気を漂わせているけれど、そうして表情を崩したら端整な容貌《ようぼう》が際立つ。

「ひ弱そう、って一言は余計だ」

ヒロセに目を奪われたことを誤魔化そうと、短く答えてふて腐れて見せた。

同性の怜史でさえ、なんとなくドギマギした落ち着かない気分になるのだから、この手の男はさぞかしモテるだろう。一夜限りの恋人でもいいからと、お近づきになりたがる女性は後を絶たないはずだ。

そう、少しばかり下世話なことが頭に浮かぶ。

「一切の情報を遮断しているのは、俗世間からの自主的隔離だ。テレビだけでなく、パソコンや電話もないだろ」

「……ないんだ？」

確かに、リビングにはパソコンや電話はない。ただ、怜史は一度も足を踏み入れたことのない、奥の部屋にあるのだとばかり思っていた。

「ああ？　その顔は……これまで気づいてなかったのか。そういや、おまえも携帯の類を持っていないみたいだな」

ヒロセが怜史に興味を抱くのは、初めてと言っていい。

不意に尋ねられたことに、どう答えるか……予定外の質問だったせいで、数秒の間が生じてしまった。

「俗世間からの、乖離《かいり》」

ヒロセの言葉を少しだけ変化させて、真似る。携帯電話を持っていないわけではないが、とっくに充電切れになっている。

自分を取り巻く、すべてのものから離れたかった。なにもかも切り捨てて、透明人間のようになりたかった。

それを考えれば、今の状況は願ったり叶ったりというやつだ。

怜史が、ここにいることを知っているのは……共にいる、ヒロセのみだ。ヒロセも怜史も、互いの存在しか知らない。

「……変わったヤツだ。そんな、最近のワカモノですって見てくれで」

ボソッとつぶやいたヒロセは、うつむいてクックッと肩を震わせた。今の返答のなにがツボを突いたのか、よくわからない。

ただ、怜史が返答から逃げたことは感じ取っているかもしれないのに、深く追及する気はないのだということだけは確かだ。

「このペンギンが、ちょっと羨ましい」

怜史は独り言のつもりでそう口にしながら、一面の青が広がっているパズルのパッケージに目を向ける。

水中を『飛ぶ』ペンギンは、重力を含むすべてのものから解放されているみたいだった。羽ばたくことをやめてしまえば落ちる……空を飛ぶより、自由かもしれない。

これまで怜史は、自分が縛られていると考えたことはなかったけれど……ペンギンが羨ましいと思ってしまうのは、自覚なく窮屈さを感じていたということだろうか。

「そうか？　実は、息苦しいなぁ……とか、思ってるかもしれないだろ。餌《えさ》を取るのに必死で、なにも考えてない可能性もある。気楽そうに見えて、苦労人かも……ん？　とりあえず人じゃないか。苦労ペンギン」

……意外な反応だった。

答えがあったこともだが、そんなふうにペンギンがなにを考えているか思いを巡らせるタイプには見えないのに……。

しかも、苦労ペンギンとは。愉快な発想だ。

うっかり笑いそうになったけれど、ギリギリで耐えたつもりだ。

ただ、意外と感じた怜史の心情は表情に出ていたのか、ヒロセはかすかに気まずそうな顔をして明後日のほうへ視線を逸らす。

「ペンギンの考えていること、か。勝手に写すなよ。モデル料、取るぞ……とか？」

「……かもな」

思いつきをつぶやいてみると、顔を背けたままボソッと小さく返してくる。

この人、なかなか面白い性格をしているのかもしれない。近寄り難い外見の印象とのギャップが激しくて、愉快だ。

怜史を無視することはやめたのか、一度弾みで会話をしてしまったことで、どうでもよくなったのか……。

どちらにしても、ヒロセが全身に纏っていた棘《とげ》の数を減らしていることは確かだ。

「昼食、チキンライスと醤油《しょうゆ》味の焼き飯、どっちにしようかなー……」

試しに、尋ねるでもなくボソッと口にしてみる。数秒後、同じく独り言の響きだったけれど、答えがあった。

「……焼き飯だ。ニンジン抜き」

しかも、小さな子供のような注文までついていて……込み上げてくる笑いを抑えるのに苦労した。

コホンとさり気なく咳払いをして、手元に向かってつぶやく。

「じゃあ、スープは味噌汁《みそしる》に変更しよう」

それに対するヒロセからの言葉はない。ということは、メニューに不満はないということか。

怜史は、ふ……と唇を緩ませて青色のピースを手に取った。ヒロセはＤＶＤ鑑賞をやめて、分厚い本を広げたようだ。

同じ空間にいるのに、思い思いに別のことをして……それを気詰まりに感じない。沈黙も、どこか心地いいものだった。

なにより、こんなふうに自分が誰かのことを考えて食事を作ろうとしているなんて、不思議な気分だった。

料理など、好きでも嫌いでもなかったはずだ。

店での余りものを使った賄《まかな》いを食べさせてもらっていても、食材や調理方法には限りがある。どんなに評判がいいものでも、オムライスやビーフシチューや……コロッケ等、毎日似通ったメニューを口にし続けるのは苦痛だ。

かといって、怜史は性格的に、忙しい両親に向かって「こういうのが食べたい」とリクエストすることはできなかった。圭司が先に試みて、「無理」の一言で突っぱねられていたのを知っていたから、尚更だ。

臆病《おくびょう》なのは自分でもわかっているけれど、拒絶されるくらいなら最初から望まない。そんな自己保身が、いつの間にか習い性になった。

圭司は、早々に出来合い弁当やファストフードの買い食いを選び、それに飽きると友人宅を渡り歩いて食事を相伴にあずかっていた。

怜史は、圭司のように広い交友関係を築くことができず、夕食の席に混ざれるほど親しい友人の数が少なかった。

結果として、小学校の高学年に上がる頃には、仕方ないか……とため息をつきつつ自分で包丁を握っていた。

見よう見まね、試行錯誤によってそれなりの料理を覚えたのはいいが、誰かの嗜好《しこう》に合わせようなんて考えたこともなかった。

でも今は、生トマトを食べられないのならスープかソースに加工しようとか、夕食はニンジンを磨《す》り下ろしてハンバーグに混ぜてしまおうとか、ヒロセの嗜好を踏まえてキッチンに立とうとしている。

なにより不可解なのは、そうして手をかけることが微塵も苦痛ではない……面倒に感じるどころか、どこか浮足立った気分になっている自分だ。

必要に迫られたから、仕方なく……ではない。自発的に調理をするのは、これまでになく楽しかった。

水中を飛ぶペンギンを、苦労人かもしれないなどと表現したヒロセは、本当になにを目的としてここにいるのだろう。

自分の意思で身を隠している？　何故？　いつまで？

疑問は尽きることなくあるけれど……直接ぶつけたところで、まともに答えてくれないに違いない。

改めて湧いた疑念の数々を、ヒロセに気づかれないよう密《ひそ》やかなため息で胸の奥に押し戻した。

今は、そんなことどうでもいい。

とりあえず、怜史に危害を加える気はなさそうだし……せっかくここにいることを黙認してくれているのだから、わざわざ波風を立てる必要はない。干渉されたくないのは、お互い様だ。

ビュウ……と、激しい風の音に誘われて窓ガラスに目を向けると、小さな水滴がポッポツ吹きつけられていた。

また雨が降り始めたらしい。

天気予報などの情報も一切得られないので、いつまで雨模様が続くのか見当もつかないけれど、どんよりとした天気が現実離れに一役かってくれていた。

異次元で、ヒロセと二人きりなのでは。雨のベールが、この山荘自体を現実世界から覆い隠してくれているのではないか……。

そんな、あり得ないことを考えてしまうほど。

《五》

「んー……」

定位置となっているソファベッドから身体を起こした怜史は、両腕を頭上に伸ばして大きく息を吸った。

狭い寝床から落ちないように無意識に丸くなって眠っていたせいか、窮屈な姿勢から解放された背骨がパキッといい音を立てる。

ふと目を向けたカーテンの隙間《すきま》からは、細長い薄明かりが差し込んでいた。

数日に亘ってぐずついた天気が続いていたけれど、ようやく雨が上がったらしい。雨音に代わり、小鳥の囀《さえず》りも聞こえてくる。

ここで迎える、五回目の朝だ。

立ち上がってフラットにしていたソファを本来の姿に戻していると、奥の部屋の扉が開いてヒロセが姿を現した。

「おはよ、ヒロセ」

「……はよ」

怜史が繰り返し文句を言ったせいか、不承不承という表情と口調ながら、一応挨拶を返してくる。

寝起きのヒロセが仏頂面に磨きをかけているのは、いつものことだから気にしない。

怜史に対して怒っているわけではなく、どうやら血圧が低いせいで寝覚めがよくないようだ。不機嫌そうな空気を纏っているのも、返答が鈍いのも、ヒロセ自身が意識してのものではないらしい。

起き出してしばらくは、毎日こんな感じなのだ。洗顔と着替えを済ませてコーヒーを飲み干す頃には、眉間の皺がなくなっている。

ヒロセという人間に慣れるにつれ、わかりやすい表面上のものだけでなく、もう少し深い部分まで見えてくるようになった。

寝乱れたパジャマ姿のままこちらに向かってきたヒロセは、怜史が当然のように両足で立っていることになにも言わず、ソファの端に腰を下ろす。

チラリと足元に視線を落としたので、気づいていないわけはないのだが……ここに居座るための口実がなくなったことを、見逃してくれている。

「コーヒー、淹《い》れようか」

真っ黒のテレビ画面をぼんやりと見ているヒロセに、そっと声をかける。

昨日の朝も同じように問いかけたのだが、突っぱねられるかという予想とは裏腹にヒロセは「ああ」と答えた。

どうやら、自分で用意するインスタントコーヒーよりも、怜史がコーヒーメーカーを使って淹れたもののほうが美味しいと認識したらしい。

インスタント食品ばかりに頼るところからも、きっと普段から自分で身の周りのことをしていないのだ。世話をしてくれる『誰か』が、常に存在する状況で生活しているのだと想像がつく。

それが、定まった一人なのか、複数いるのかはわからないけれど。

今朝も、

「ん」

喉の奥で唸るような一言で答えながら、コクリと頭を上下させた。きっと、まだ寝惚けている。

無防備な子供のような反応は、平素のヒロセにはそぐわない形容だが、なんとなく『可愛《かわい》い』と感じてしまう。

直後、ザワリと胸の奥が波立った。

「……っ、ちょっとだけ待ってて。すぐに用意する」

自然と、『可愛い』などと思い浮かべてしまった。そんな自分の思考にも、妙な焦りのようなものが湧いたことにも驚く。

ドギマギとした奇妙な気分になった怜史は、早口でそれだけ言い置いてヒロセに背中を向けた。

これは、なんだろう。

ヒロセに、今の自分の顔を見られてはいけないと頭の隅で警鐘が響いていた。だって、間違いなく変な顔をしている。

三十歳だと聞いた年齢が嘘か本当かはわからないが、怜史よりずっと年上なことだけは確かだ。年齢的にも、見た目的にも、『可愛い』などと感じるべき相手ではないのに……変なことを考えてしまった自分が不可解だ。

「あっ……」

箱から取り出したフィルターペーパーがパラパラと足元に舞い散り、慌ててしゃがみ込んだ。

拾い集めようとしても、手にうまく力が入らなくて指先から逃げてしまう。不思議に思って自分の手元をジッと見ると、両手が小刻みに震えていた。

「へ、変なの」

独り言を口にして、グー……パー……と握ったり開いたりを繰り返す。深呼吸で胸のざわつきを整え、なんとかフィルターを集めて立ち上がった。

そんなふうに動いても、右足首に感じるのは鈍い痛みの余韻のみだ。さすがに全力疾走は無理かもしれないけれど、普通に歩くことはできそうで……でも、ヒロセがなにも言わないのだから自分から「治った」とは告げないでおこうと拳を握る。

「おい、サト」

「は、はい？」

不意に呼びかけられて、パッと顔を上げた。ソファの背に腕をかけてこちらを振り向いたヒロセと、カウンター越しに目が合う。

考えていたことが考えていたことだけに、なにを言われるのかと身構えた。

緊張する怜史に、ヒロセは一言……。

「今日の朝飯は和食だ」

それだけ口にして、捻っていた身体を戻した。

そうしてくれ、という要請ではない。断定的な口調は、彼の中では決定していることの伝達だと語っている。

「……了解」

いつの間にか、怜史がヒロセの食事も用意することが当たり前のようになっている。

でも、こうしてここに置いていてくれるのだから、これくらいお安い御用だと思わなければならない。それに、一人分の食事を作るのが二人分に増えたところで、大した労力ではない。

「あ、卵焼きに葱《ねぎ》を入れるなよ」

「……わかりましたー」

相変わらず、注文というか好き嫌いの多い人だ。苦みのあるものや癖の強い野菜類は、ほとんど食べられないと言ってもいい。

そんなに食べられないものが多くて、これまでどんな食生活を送っていたのか……怜史には想像もつかない。

「葱禁止、か」

ため息をついて、どうにかして葱を食べさせてやろうと考えを巡らせた。

磨り下ろしニンジンを混ぜたハンバーグは無言で食べていたし、セロリはピクルスにしてタルタルソースに加工した上で海老《えび》フライに添えてみたら、難しい顔をしながらも口に運んでいた。

ただ、葱の癖を誤魔化すのは、容易ではなさそうだけれど……だからこそ、取り組みがいがある。

「みじん切りにして胡麻油《ごまあぶら》と辛味噌に混ぜて、冷やし中華のタレにするかな」

昼食のメニューが決まった。

それでもダメなら、つくねの具にしてしまえ。……ついでに、夕食のメニューまで決まってしまった。

こうして、ヒロセが申告した『食べられないもの』の調理方法を捻り出すだけで、退屈とは無縁でいられそうだった。

□□□

最初は、他に時間を潰せるものがなさそうなので、という消極的な理由で手にしたジグソーパズルだが、始めてみたらなかなか奥が深い。

ほんの少しずつでも、形作られていくのが目に見えて実感できるので、やり甲斐《がい》もあった。

そうして怜史が、キッチンに立つ以外の時間のほとんどをパズルの前で過ごしているからか、ヒロセがボソッと尋ねてきた。

「なぁ、ソレ……面白いのか？」

「百聞は一見に如《し》かず。やってみたら？」

怜史は青色のピースを指先で摘み、背後から覗き込んでくるヒロセを振り返る。

しばらく難しい顔で考えていたヒロセは、無言でソファから立ち上がってパズルを挟んだ怜史の正面に座り込んだ。

黙殺するか、そんなことやっていられないと突っぱねる……という予想に反して、ピースの山に手を伸ばして一つ摘み上げる。

「……全部、同じ色だぞ」

「ッ」

どことなく途方に暮れたような響きの一言がおかしくて、うっかり笑いそうになってしまった。

込み上げてきたものをギリギリで喉の奥に押し戻し、澄ました顔で答える。

「おれも、最初はそう思った。同じように見えても、こうして並べて見比べたら……ほら、少し違うだろ？」

ヒロセの前に、もう一つのピースを並べる。ジッと見下ろしていたヒロセは、「やっぱり同じだろー」と首を捻った。

「違うって。こっちは、水面に近い部分。こっちは、深いところ」

水面に近いところのピースだと、光が差しているので淡い水色なのだ。水深が深くなるにつれ、濃紺へとグラデーションしていく。

二つのピースのあいだにもう一つ割り込ませたら、ようやく「ああ……微妙に違うか」と納得したようだ。

「原始的なオモチャだな。子供の知性育成の教材か？」

「でも、やり始めたらハマるよ。時間もだけど、心身にも余裕がないと絶対にできないことって感じがする」

一週間前の自分を思えば、ジグソーパズルなど考えもしなかったアイテムだ。だいたい、持て余す時間自体が存在しなかった。

心身の余裕という言葉が、自分の口から出るなんて。

そう怜史が唇に苦笑を刻んだのと、ほぼ同時だった。

「余裕、か」

ヒロセがポツリとつぶやいたのが聞こえてきて、何気なく目を向ける。唇の端をほんのりと吊り上げ、苦笑……いや、自嘲するような笑みを浮かべていた。

それだけで、ヒロセも心身に余裕のない生活を送っていたのだと推測できる。

なのに、どうして今は暇潰しアイテムが必要な状態にいるのだろう。しかも、こんな人里離れた山小屋で……人目を忍ぶようにして。

ヒロセ自身が語った、逃亡中の犯罪者という脅し文句を鵜呑《うの》みにするわけではないが、奇妙なほど説得力のある状況だ。

「なんだ、その顔は」

意図することなくジッと見ていたら、こちらに目を向けたヒロセと視線がぶつかった。無表情で口を開いたヒロセの言葉を受けて、自分の頬を擦る。

「え？　おれ、変な顔してる？」

「変っつーか……ま、いい。そんなふうに見詰めたら、気があるのかと誤解されるぞ。おまえ、妙に小綺麗な顔してるからなぁ。男でも構わんってヤツだと、ふらふら手ぇ出すんじゃねーの……か」

それは、「冗談だ」と続けられるまでもなく……ふざけた口調での台詞《せりふ》だった。ヒロセは、怜史をからかうため思いつきを口にしたのだ。

笑って、

「気持ち悪いこと言うなよ」

と、そう返せばよかった。

少し冷静になれば無難な切り返しを思いつくのに、不意打ちだったせいで、怜史は自分でもわかるほど頬を強張《こわば》らせてしまった。

きっと、泣きそうな顔になっている。顔面の筋肉が硬くて、ヘラヘラ笑って誤魔化すこともできない。

不自然に言葉を途切れさせたヒロセは、怜史の異変に気づいたに違いない。ほんのわずかに目を細める。

「……ッ」

その表情でハッと我に返り、怜史は唇を噛んで顔を背けた。けれど、それさえ過剰反応だった己の迂闊《うかつ》さに臍《ほぞ》を噛む。

「ぁ、ありえな……いって。なに、変なこと言ってんだよっ」

もう、どう誤魔化そうとしても後の祭りだ。苦し紛れに発した言葉は、すべて上滑りしている。

藪蛇《やぶへび》……泥沼だった。無理やり誤魔化そうとすればするほど、もがけばもがくほど深みにはまってしまう。

「ッ」

進退窮まった怜史が口を噤むと、重い沈黙が漂った。とてつもなく居心地が悪い。息苦しくて……でも、うまく息が吐けない。

馬鹿だ。自分から、同性を恋愛対象にしているのだと暴露してしまったのと同じだ。嫌悪される。怖い。……怖い！

他人から拒絶されたり異端扱いされたりするかもしれないと思うことは、それだけでなによりの恐怖だった。

これだから、兄には『八方美人のいい子ちゃん。わざわざストレスを溜《た》めるバカ』だと、嘲《あざけ》られるのだ。

怜史から見れば『自分勝手で欲望の赴くまま生きている傍迷惑』な兄は、一眞にしてみれば『天真爛漫《てんしんらんまん》で計算のできない素直なヤツ』なのだろう。同じ物事でも、見る方向を変えるだけでこんなにも違う。

周りの顔色を窺って褒められるために『イイ子』であろうとする怜史より、真《ま》っ直《す》ぐな圭司を愛しく思うのは……一眞の気質から考えれば、ある意味当然だ。

そういえば子供の頃から、一眞はよく圭司に向かって『要領が悪いな』と苦笑していた。

面倒を押しつけられてばかりだと思っていた怜史は、あれのどこが要領が悪い？　弟に押しつけて、本人は要領よく逃げているだろうと反感を覚えていたのだけれど、その意味が……今ならわかる。

思考が後ろ向きになっているせいか、過去の嫌な記憶ばかりがよみがえってくる。

泣きそうな心地で落ち着きなく視線を泳がせていると、ヒロセが沈黙を破った。

「あー……なんか、悪かったな」

傍若無人《ぼうじゃくぶじん》な言動で好き勝手に振る舞っているようでいて、ヒロセは大人だった。

怜史が自爆しただけで、ヒロセはなにも悪いことなどしていないのに、ポツリと謝って怜史の頭に手を置く。

「さ、触んなよっ」

反射的にヒロセの手を払い除けて、ギッと睨みつけた。

謝らないでほしい。そんなふうにされたら……惨めになるばかりだ。

身体の中に渦巻く、熱い奔流の正体はわからない。でも、カーッと首から上に熱が集まり、勝手に口から言葉が溢れ出る。

「んだよ。あんたが謝ることなんて、ないっ。そーだよっ。おれ、オトコが好きなんだ。ヒロセのことも、いつ襲ってやろうかと狙ってたのに……気づかなかったのか？　鈍いっていうか、オメデタイ奴だよな」

「バーカ。ヘタクソな演技」

そう言いながら鼻を摘まれて、続けようとした言葉をグッと呑んだ。

可愛げのない態度だと自分でも思うのに、怜史を見るヒロセの目は頑是ない子供に対するようなものだった。

露悪的な怜史の挑発に乗るでもなく、かといって尤《もっと》もらしい言葉で諭して理解ある大人の顔をするでもなく……ただ、仕方ないヤツだと苦笑を滲ませている。

少しだけ突き離し、でも完全に背中を向けるでもない。こんな反応は、予想もしていなかった。

世間的な『普通の男子高生』ではないことを隠して、集団に埋没している。そのことを誰かに知られたら、特異な目で見られるとばかり思っていた。

想いを向けているのが幼馴染みの一眞であることも要因だったが、自分に近ければ近い存在であるほど絶対に悟られないようにしなければならないと……常に気を抜けなかった。

ヒロセは、他人だ。

しかも、普段の怜史のことなど知らない。優等生だったり、イイ子である必要など微塵もない。

固く結んでいたつもりなのに、わずかな綻《ほころ》びからスルスルと糸が解《ほど》けていく。あっという間にほつれていき、もう、手繰《たぐ》り寄せることもできない……。

そんな感覚に襲われて、怜史は震える息を吐いた。離れていくヒロセの指を、ぼんやりと見つめる。

自分がなにを言おうとしているのか、怜史自身もわからないまま……止めようもなく、勝手に口から言葉が零れ落ちた。

「っれ、おれ、気……気持ち悪くない？　変、だろっ？」

声が喉に引っかかり、妙な節がつく。ヒロセは笑うこともなく、端整な顔にほんの少し思案の色を滲ませて首を傾げた。

「んー……気持ち悪くはないな。まぁ……一般的とは言えんかもしれないが、だからといって取り立てて特殊ってほどでもないだろ。世の中には、マグカップや靴に欲情する人間もいるし、羊じゃなきゃ勃起しないって話を聞いたこともある。無機物を対象にすることや種族を超えることに比べりゃ、変ってこともないんじゃないか？」

わずかな気負いも感じさせない、普段と変わらない声でそう言いながら、今度はポンポンと頭に手を置かれる。

ヒロセの言葉を頭の中で繰り返した怜史は、逸らしていた目を戻して、恐る恐る視線を合わせた。

「ほ、ほんと？　靴とか、マグカップ……ひ、羊？　って、メェ〜って鳴くアレ？」

これまで怜史が考えたこともなかったとんでもない話に、恐慌状態だった頭から色んなものが吹き飛んだ。

衝撃が強すぎて、ヒロセが言うように同性相手に恋愛感情を持つくらい、どうということがないという気さえする。

唖然《あぜん》として聞き返した怜史に、ヒロセは唇の端をわずかに吊り上げた。

「ああ。メェと鳴くアレだ。あとは……魚類とかな。たぶん、地球のどこかにはコイツにセックスアピールを感じる人間もいるぞ」

すぐ傍にあるパズルのパッケージを、視線で指す。

心地よさそうに悠々と青の中を泳ぐペンギンは、自分がこんなことの引き合いに出されているなどと、知る由もないだろう。

「ふ……」

思わず唇に笑みが滲む。怜史は、全身に張りつめていた緊張が一気に解けていくのを感じた。

「おれ、さ……幼馴染みが好きだったんだ。年上で、同性の……。でも、その人が兄貴に告白しているの、盗み見しちゃった。マンガみたいな展開だろ。ただ、登場人物が全部男なのはおかしいよな」

くくっ……と強がりではない、自然な笑みが零れる。

苦しくて、苦しくて……自分を取り巻くすべてに背中を向けて、逃げ出した。なのに、こうして最大の要因を口にしながら笑える自分が不思議だった。

「ふーん。戯曲や歌舞伎《かぶき》とかだと、登場人物が全部男っつー世界は珍しくないぞ。多数派が強いっていう世間の意識操作に惑わされんな。確かに、現代社会では数が多い方が強いかもしれないけど、だから偉いってわけじゃない。表面上の、わかりやすいまやかしに騙されるなよ、若者」

「う……ん」

ヒロセの言葉は、不思議なくらいすんなりと頭に入ってくる。

怜史は、そんなふうに考えたこともなかった。

普通じゃないというだけで、異常だと思い……誰かに知られたらコミュニティから弾き出されるのだと、怯えてばかりだった。

そんな考えがいかに子供だったのか、初めて知る。

肩の力を抜いてうなずいた怜史に、ヒロセは苦笑を深くした。

「なーんて、犯罪者かもしれん人間の説教なんざ、ありがたくもなんともないか。感心した目で見るなよ、サト。気をつけろって言ったばかりなのに、もう騙されてるぞ」

「騙されてる……かな」

独り言のようにつぶやくと、ヒロセは笑って「かもな」と返してきた。

皮肉の滲むものではない、自然なヒロセの笑顔を目にしたのは初めてかもしれない。そう思った途端、心臓が変に脈打った。

なんだろう、これは。目の前にいるヒロセが、これまでとどこか違って見える。

……ダメだ。深く考えるな！

心のどこかで、唐突に警鐘が鳴り響いた。今すぐ逃げなければ、と奇妙な焦燥感が湧いてくる。

視線を逸らしかけたところで、ヒロセが表情を曇らせた。

「サト？　今度は、なんで泣きそうな顔になってんだ？」

「あ……、ッ」

静かに口にしながら、前髪をかき上げられる。

それはきっと、怜史の面持ちを確かめようとしただけだ。ヒロセにしてみれば、深い意味などない。

でも、怜史にとっては恐慌状態を加速させるのに充分すぎるほどの接触だった。

「なんだよ、妙な声……」

苦笑を浮かべながら怜史と目を合わせたヒロセが、ふと口を噤む。離れかけた手を、反射的に握り締めた。

頭で考えての行動ではなかった。

「ヒロセ、おれ……なんか」

今の自分の心情を、言葉で言い表すことはできない。でも、ヒロセの手が離れていくのが嫌だと、ただ……そう思った。

「おれっ、変じゃないんだろ？　こうしてヒロセの手、触っても……気持ち悪くない？　それなら、さ……」

それなら？

自分は、ヒロセになにを求めているのだろう。

怜史自身もわからない。わからないのに、目の前にいるヒロセから目を逸らせなかった。

険しい表情で怜史を見ているヒロセは、これまでにない戸惑いを含んだ、複雑な表情で口を開いた。

「変だって言うなら……おまえの不器用な誘惑がカワイイって思う程度には、俺も変だな。……チッ」

不本意だと、隠そうともしない忌々しげな舌打ちだ。

少し前の怜史なら、その途端に手を引いている。けれど今は、指から力を抜くことができなかった。

これが誘惑だと。ヒロセがそう感じたのなら……もっと強く、手を握ろう。

「ヒロセ」

ぽつりと名前を呼んだ声が、奇妙に上擦った。

これから、どうすればいいのだろう。言葉は思いつかないけれど、ただひたすらヒロセを見詰める。

「どうかしてる、な。……俺も、おまえも」

苦い声でポツリとつぶやいたヒロセが、端整な顔を寄せてくる。

自分がどうなるのか、なにを考えているのかも、わからなくて……怖かった。

数秒後には、きっと、これまでと大きく変わってしまう。変えられてしまう。

指先が小刻みに震えていて、ギュッと手のひらに握り込んだ。

「目、閉じろよ」

「ぁ……」

瞼まで強張っているみたいで微動もできなかった怜史だったが、ゆるく眉を寄せたヒロセに低く促されて目を閉じた。

そうして視覚からの情報が無くなると、他の感覚が研ぎ澄まされるようだ。近づいてくるヒロセの気配を、やけにハッキリと感じる。

やわらかなぬくもりが唇に触れた瞬間、ビクッと肩が強張った。耳の奥で、激しい動悸《どうき》がドクドクと響いている。

そうして怜史が硬直していると、触れていた唇が離れていく。怜史は、握り込んでいた手を反射的に伸ばした。

「や、やだ」

咄嗟に引き留めようとしたことに、怜史自身が一番驚いたかもしれない。

ただ、どんな言葉を続ければいいのかわからず、両手で縋るようにヒロセの肘下《ひじした》あたりを掴む。

「ヒロセ」

掠《かす》れた声で名前を呼ぶと、ヒロセは眉間に刻んだ皺を更に深いものにして……怜史の肩を抱き寄せた。

再び唇が重ねられたかと思えば、唇の合わせから濡れた感触が口腔《こうくう》に潜り込んでくる。怜史を驚かせないようにと意図してか、そっと舌先に触れただけで引きかけた。

思わず追いかけてしまい、肩のところにあるヒロセの指にグッと力が込められた。

「バカだろ、サト。わざわざ自分から猛獣の檻に入るみたいなマネしやがって」

「……バカだよ。バカでいい。だから」

だから……？

なにを促しているのか、自分でも把握できないので、聞き返されなくて幸いだった。

今度の口づけは、遠慮を手放したとわかるものだった。

どうすればいいのかわからない怜史の舌に、ヒロセの舌が絡みつき……くすぐり、甘噛みする。

「っん、ン……ぅ」

なんとか手管に倣おうとぎこちなく舌を伸ばしたところで、ゆるく吸いつかれて肩を震わせた。

肌が、ザワザワして落ち着かない。決して不快なわけではないのに、鳥肌が立っているのを感じる。

未知の感覚に翻弄《ほんろう》されて、なにも考えられない。思考が、ぼんやりとした靄《もや》に包まれているみたいだった。

「っと、やべぇ」

「あ……」

低い声が短くつぶやき、腕の中から唐突に解放される。ぬくもりが離れていったことで急激な寒さに襲われて、思わず両手を伸ばした。

ヒロセに届く前にその手を握られ、拒まれたのかと息を呑んだ。

「そんな顔、するな。せっかく呼び戻した自制心が、飛び立ちそうになるだろう」

苦笑したヒロセの言葉に、怜史はほんの少し首を傾げる。

「な、なんで……呼び戻した、って」

「なんでって、おまえ……聞かなくともわかるが、まっさらだろ。もしかして、キスも初めてか？　ファーストキス……って、死ぬほど懐かしい響きだなぁ」

最後の一言は独り言のようなつぶやきだったけれど、ヒロセは自分の台詞にウケたらしく、クッと低く笑う。

いっぱいいっぱいだった自分とは違い、ヒロセはそうして笑うことができる余裕を残している。

そんなことにも、胸のどこかがチクリとかすかな痛みを訴えた。

「ち、違うっ」

動揺を押し隠して否定した怜史だったが、ヒロセは「ふん？」と目を細めた。その表情は、怜史の言葉を信じていないと語っている。

「まぁ、そういうことにしておいてもいいが。どっちにしても、この先は未経験だろ」

「…………」

今度は、否定も肯定もできなかった。

嘘を言ってもすぐに看破されてしまうだろうし、未経験だからなんだというのか、発言の意図が読めなかったせいだ。

「初めては、本当に好きな相手のために大事に取っておけ」

それは、冗談めかした口調だった。けれど、ヒロセが本心で思っているのだということは伝わってくる。

今まで散々大人げない部分を見せていたくせに、こんな時だけ大人の顔をして諭すなんて……ズルい。

「お、おれ、ヒロセならいいよ」

ポロリと零れ落ちた言葉にヒロセは一瞬目を瞠ったが、怜史自身も心の中で「え？」とつぶやく。

ヒロセなら、いい？　一眞でなければ誰でも同じだとか自暴自棄な理由ではなく、ヒロセならいい……。

自然と、そう零れ落ちた。

視線を揺らす怜史をどう思ったのか、ヒロセは苦笑して小さく息を吐くと言葉を続けた。

「馬鹿者。おまえ、俺が引いたから意地になってんだろ。勢いでやらかしたことっていうのはな、大概後で冷静になった時に『アホなことをした。失敗だった』って後悔するものなんだよ、青少年」

正論だ。

理屈を突き崩す隙を見つけられない。

「そりゃ……ヒロセにとっては、押し売りって思われるかもだけど」

「押し売りとまでは言わねぇが。一つ理由を挙げるとしたら、ガキは趣味じゃない」

「でも、ガキじゃねーよ。大学生だって」

「でも、未成年には違いない。……だろ？」

「…………」

もうなにも言い返せなくなってしまい、唇を嚙んでパズルの青いピースを凝視した。

弁が立つとか、論理が明晰とか。

小論文を提出するたびに、採点した各教科の教師に評されている自分が、言葉を失うなんて……もどかしい。

黙り込んだ怜史の頭に、ポンと手が載せられた。

「血迷うな。俺は犯罪者かもしれない、怖〜いオジサンだぞ」

子供に言い聞かせているような口調に、プライドを刺激される。カーッと身体の奥から熱いものが湧き上がり、目の前の端整な顔を睨みつけた。

「最初っから、犯罪者だろうと脱獄犯だろうと、なんでもいいって言ってるだろ！」

「あのなぁ……ストックホルムシンドロームっていう」

「知ってるよ、それくらい！」

まるで、駄々をこねる幼稚園児だ。

普段の怜史が、年齢不相応に落ち着いていると言われているなどと、今のヒロセは信じてくれないだろう。

頭の上に置かれたままだった手が、宥《なだ》める仕草でポンポンと軽く叩いてきた。

「あー……わかったわかった。ヘタクソな誘惑に負けた。どうせ暇だし、おまえがよけりゃ遊ぶか？」

「遊ぶ……？」

その言葉の意味するものが摑めなくて、ぼんやりと聞き返す。

よくわかっていない顔をしているだろう怜史に、ヒロセは『悪い笑み』を浮かべた。もとが整った顔をしているだけに、そういう顔をすれば奇妙な魅力が増すのだと知る。

「ああ。恋人ごっこ。男っていうのを抜きにしても、おまえの顔は好みだしな。俺も酔狂なことだ」

「……ワルイ大人」

「どうせ、もともと大したモラルなんざ持ち合わせてねぇし」

開き直ったな、と唇に苦笑を滲ませる。

でも、言い訳じみた言葉でゴテゴテと飾り立てられるより、暇潰しだという率直な前置きは好ましかった。

「いいよ、恋人ごっこ。ヒロセは……おれも、好みみたいだし」

「へぇ？　幼馴染みだとかって男に、似てるか？」

「顔とかは……全然。ヒロセのほうが、男前。一眞くんは……どちらかと言えば、三枚目よりまだ下……かも」

思ったままを口にした怜史に、ヒロセは「ははは っ、惚れてる相手に容赦ねぇな」と笑い声を上げた。

確かに、好きだと言いつつあんまりな言い回しだと、怜史自身も思う。一眞には悪いが、ヒロセのほうがオトコマエなのは事実だ。

こうして眺めても、外見的には一眞との共通点はない。

でも、年上の……少し破天荒なところがあって、突き放した言い方をしているようでいながら実は面倒見がよさそうなところは、なんとなく似ているかもしれない。

寄りかかっても、受け止めてくれる。ぶつぶつ文句を言いながらでも、いざとなれば見捨てないと根拠はなくても信じられる。

頼って、甘えてきた相手をきっと突き放せない。

ああ、そうか……。

上手く甘えられないくせに、心の底では甘えたいという願望を抱いているのだと、これまで目を逸らし続けてきたものを思い知らされた気分だ。

そして改めて、やはり『同性』なのだなと、あきらめに似た心地で再認識する。

けれど不思議と、絶望的な気分にはならなかった。

半月前の自分だったら、一眞だけが特別な例外だと、頑《かたく》なに認めようとしなかったかもしれない。

でも……そうだ。

無機物や種族の壁を超えるよりは、まぁ……いいのでは。

ヒロセの言葉を思い出せば、不思議なくらい心が軽くなった。

《六》

恋人ごっこをするか、と。そんなふうに言ったヒロセだが、だからといって特別な変化はなかった。

こうして二人でいても、なにをするわけでもない。昨日までと同じだ。

ヒロセはソファに腰かけて海外ドラマのＤＶＤを眺め、怜史《さとし》は床のラグに座り込んでジグソーパズルに向かっている。

次はどこに置くか……青いピースを手にして迷っていた怜史だが、ふと手元に影が落ちたことに気づいて顔を上げた。

それとほぼ同時に、こちらに身を乗り出していたヒロセがソファから立ち上がり、怜史の隣に腰を下ろす。

「へぇ、それらしくなってきたんじゃないか？」

怜史の肩に手をかけると、パズルを覗《のぞ》き込んでくる。

肩に置かれた手からぬくもりが伝わってきて、トクンと心臓が一つ大きく脈打った。

「ちょっとずつ、だけど。ヒロセもする？」

「そうだなぁ。……ちょうどセカンドシーズンが終わったところだし、原始的なオモチャで遊ぶのもいいか」

ヒロセは、面倒がって断るのではという怜史の予想を裏切って、積み上げてある青いピースに左手を伸ばす。

怜史の肩に置いた右手はそのままで、存在を妙に意識した。

「おまえ、海の部分のピースばっかり残してるじゃねぇか」

「ペンギン、組み合わせやすかったんだよっ」

ドギマギとしていることを隠したくて、ぶっきらぼうな答え方になってしまった。肩に置かれていたヒロセの手がふっと離れ、今度は腕が首に絡んでくる。

「偉そうに、ちょっとずつ違うとか言ってたが、やっぱりおまえも全部同じ『青』に見えるんだろ」

笑ったヒロセの息が耳元にかかり、ビクッと首を竦《すく》ませた。

悔しい。

ヒロセにとっては、どうということのないスキンシップなのかもしれないのに……怜史ばかり、変に意識している。

「……意識、してるか？　カワイイねぇ」

怜史が身体《からだ》を強張《こわば》らせていることは、当然伝わっているのだろう。からかう口調でそう言ってくるヒロセに、ムッとする。

意地を張って否定しかけたけれど、散々醜態をさらしているこの男には格好をつけても今更だ。

虚勢を張る必要はないかと思い直して、早口で言い返す。

「意識して、当然だろっ。スキンシップとか、慣れてないんだよ。ヒロセみたいに穢《けが》れたオトナじゃないからさっ」

わざと憎たらしい言い回しをして、べーっと舌を突き出した。そんな怜史に、ヒロセは正反対の感想を持ったらしい
「……あー……本当に、カワイイだろ。計算じゃないってあたりが性質《たちわり》悪ぃ」

苦いものを含んだ声で小さく零《こぼ》したかと思えば、首に巻きつけられている腕に強く引き寄せられた。

「か、可愛《かわい》くなんて」

可愛い？　可愛げがない、の間違いじゃないのか？

反論しようと顔を向けた直後、目の前が暗くなる。やわらかな感触に唇を塞《ふさ》がれて、発言を封じられた。

「ッ……んン」

不意打ちだったせいで、抗《あらが》う隙《すき》もなかった。

……そう自分に言い訳をして、ギュッと目を閉じる。肩から力を抜き、ヒロセに身体を預けた。

比較しようにも、怜史は他の人の口づけを知らない。でも、ヒロセのキスは……優しいと感じた。

両腕を伸ばしてヒロセの頭を引き寄せようとしたところで、スッと引かれてしまう。

「そんな……気持ちいいです、って安心しきった顔をするな。うっかり、血迷いそうになるだろ」

さり気なく怜史の腕を引き離しながら、コツンと額を合わせられた。

至近距離で顔を突き合わせているのに、色っぽさは微塵《みじん》もない。まるで、子供の体温を測っている母親のような仕草で……見事にかわされてしまった。

「だ、だって」

ヒロセのキス、気持ちいいし……と。言い訳じみた口調で、ぶつぶつと零す。

苦笑したヒロセは、触れ合わせていた怜史の額から顔を離した。

なんとなく気まずい空気を変えたくて、パズルの完成図になるはずのパッケージ写真を指差す。

「こんなアングルでペンギンを見ることなんて、まずないよな」

「あー……写真とかテレビの映像……ダイビングしたら、見られるか?」

意図を酌《く》んでくれたのか、同じところに目を向けたヒロセも怜史の言葉に乗ってくれる。

写真かテレビ、ダイビングか。

「生で目にしたいけど、ペンギンがいるような海に素人が潜れるのかなぁ？」

「……難しいだろうな」

「じゃあ、水族館！　北海道の水族館で、水槽がトンネルみたいになってるのをテレビで見たことがある。でも、短いし……こんなに海の中！　って感じじゃなかったんだよね。クジラとかイワシの大群とかも、こんなふうに見られたらいいだろうなぁ。お年寄りとか、小さい子供とかも……さ、潜水艇みたいなのに乗ったら大丈夫かもしれないけど、おれみたいな庶民にはハードルが高いか」

現実問題として、費用の壁が立ちはだかる。

本気でどうするべきか頭を悩ませていた怜史は、ヒロセが黙りこくっていることに気づいてハッと顔を上げた。

「なーんて、おれが色々考えたところで、実現できるわけはないけどさ。子供の夢みたいだよな」

呆《あき》れている、もしくは退屈な話だとそっぽを向いているのでは。

そんな不安が湧《わ》いて、笑って誤魔化す。

ところが、見上げたヒロセは意外なほど真剣な表情で青の中を泳ぐペンギンを凝視していた。

「ヒロセ?」

そっと声をかけると、ピクンと肩を震わせてペンギンから目を逸《そ》らす。天井を見上げると、ほんのわずかに唇を動かす。

なにかつぶやいたのかもしれないが、怜史には一言も聞こえなかった。怜史が首を傾《かし》げたところで、

「コーヒー淹《い》れてくれ。おまえのカプチーノが飲みたい」

リクエストと共に、ポンと背中を叩《たた》かれる。

もっとくっついていたいと、擦り寄ることのできる雰囲気ではなくなってしまった。

「……うん」

「サト」

仕方なく、うなずいて立ち上がる。一歩足を踏み出したところで、名前を呼ばれて動きを止める。

「昼飯はオムライスな」

「はいはい、了解。あ、じゃあ……お握りにするよ。そしたら、片手で食べながらパズルができるし」

ついでにオカズもピックに刺して、箸《はし》を使ったり直接手を触れたりすることなく食べられ

るよう、細工しよう。

まるで、ピクニックだな。

自分の発想に仄《ほの》かな笑みを浮かべて、オープンキッチンへ向かった。

軽い足取りは危なげのないもので、足の捻挫《ねんざ》は完治しているとヒロセもわかっているはずだけれど、なにも言われなかった。

だから怜史も、治ったら出て行けという言葉など忘れたふりをして、カウンターの隅に置かれているコーヒーメーカーに手を伸ばした。


食べられないと、自己申告されていたのは確かだ。

ただ、小さく切ってケチャップ味のチキンライスに混ぜたのだから、あまり存在を主張していないはずだった。

それなのに、ヒロセは推定五ミリ角以上のものを丁寧に弾《はじ》き出している。

「ヒロセ、ニンジン残すなって」

お握りを包んであったラップに、ニンジンの小山ができている。それを横目で見遣《みや》ってポツリとつぶやくと、ヒロセは飄々《ひょうひょう》とした顔で言い返してきた。

「……俺に食わせたかったら、完全に気配を消せ。原形を止《とど》めるな」

「駄々っ子かよ」

しかも、無駄に偉そうだ。子供じみた好き嫌いを恥じる様子はない。

怜史の文句を見事に黙殺したヒロセは、もう一つ卵色のお握りに手を伸ばして無言で齧《かじ》りついた。

「……ケチャップで目くらましを謀った上に、チーズで味を誤魔化してるだろ。小賢《こざか》しい真似《まね》しやがって」

オムライスとリクエストされたからには……と工作をして、角切りのチーズを具にしたチキンライスを薄い卵焼きで包んだのだ。

不満そうな言葉に、ムッとして言い返した。

「文句があるなら食うな！」

「曲者《くせもの》はニンジンだけだ。チキンライスは美味《うま》いし、チーズにも罪はない。この手のオムライスは初めて食ったな」

シレッとした顔で言いながら、今度はピックに刺してあるカニを模《かたど》ったウインナーソーセージに手を伸ばす。

そのまま口に運ぶのかと思えば、途中で手を止めたヒロセは珍妙な表情でそのカニを眺めていた。

「小学生の遠足弁当みたいだろ。カニ形とかタコ形のウインナーなんて初めて作ったけど、ちょっとだけ楽しかった。おれ、凝り性なんだよね」

また子供扱いされるかと、言い訳じみた言葉を早口で零す。

包丁を握る機会は多かったけれど、自分一人が食べるものには細工をしようなどと考えたことはなかった。でも、ヒロセは好き嫌いも含めて意外とお子様味覚なのでは……と感じたのに加えて、ピクニックという単語が思い浮かんだことで、ついイタズラ心を出してしまったのだ。

「小学生の遠足弁当って、こういう感じなのか？　母親の手作り弁当なんか無縁だったから、よくわからんが……おまえ、器用だな」

母親の手作り弁当に縁がない？

思わず聞き返そうとした怜史だったが、ヒロセの顔を見て言葉を飲み込んだ。

面白がっている、なんとなく楽しそうな表情でカニウインナーを齧っている。その顔を、不用意な質問で曇らせてしまうかもしれないのが嫌だった。

ニンジンを、星形にしてやればよかった。もしくは、ハート形。今度、カレーかシチューを作った時に実行してやろう。

ヒロセは、どんな顔でファンシーなニンジンを見るだろうか。想像するだけで、頬《ほお》が緩んでしまう。

誰かのために料理をするということが、こんなに楽しいなんてこれまで知らなかった。

「ニンジンもなー。ニンジン味じゃなかったら食えるのに」

怜史がそんなふうに考えているなどと知る由《よし》もないヒロセは、そうぼやきながらパプリカとキュウリのマリネを刺してあるピックを摘み上げた。

ニンジンがニンジン味でなければ、なんだというのだ。

「メチャクチャ言うなよ。大人げない。百年の恋も冷める瞬間って、きっとこういう時なんだろうな」

憎たらしい答えに、深く考えることなくぼやいた。視界の隅に映るヒロセの手が動きを止めたことに気づき、「ん？」と目を向ける。

ヒロセは、なんとも形容し難い奇妙な表情で怜史を見ていた。

どう言えばいいか、初めて遭遇した珍しいモノの正体を見極めようとしている目……に近いだろうか。

「恋、か」

低いつぶやきだったけれど、わざわざ復唱されたことで、ポロリと漏《も》らした一言が意味深なものだったと気づく。

ハッとした怜史は、焦って首を左右に振った。

「ベッ、別にヒロセが好きだとか恋してるとかって意味じゃなくて！　自意識カジョーってヤツだからなっ」

「あー、ハイハイ。慌てて言い訳すると、かえって怪しいぞ」

ひらひらと手を振って流される。

それは本当に、ヒロセは深く捉えていない……意識していないのだと思い知らされる仕草で、怜史は声のトーンを落とした。

「……でも、ホントに好きだって言ったら、どうする？」

自意識過剰だろうと否定したのは自分だけれど、こんなふうに目にも入っていない……まったく相手にされていないというのも、悔しい。

チラリと目を向けたところで、ヒロセと視線が絡む。手が伸びてきて……ギュッと鼻を摘まれた。

「うん？　どうするもこうするも、据《す》え膳《ぜん》を食う……ってわけにはいかねーな。そうやってビクビクするくせに、挑発するなよ」

「ッ、ビクビクなんかっ、してな……」

「そうか？」

足のつけ根にポンと手を置かれて、ビクンと大きく身体を震わせてしまった。

ヒロセの、思うがままの反応だったに違いない。怜史はもうなにも言えなくて、唇を嚙《か》んで項垂《うなだ》れる。

「大人のおつき合いをするには、まだまだだな。恋人ごっこで充分だろ」

「……………」

宥《なだ》めるように髪を撫《な》でられる。唇を引き結んだまま黙り込んでいると、触れるだけのキスが唇に落ちてきた。

完全に子供扱いだ。それが、もどかしくて……でも、やっぱりこのキスは優しくて心地いい。

触るなと意地を張って拒むことはできず、ヒロセの肩にもたれかかった。薄いシャツ越しの体温は、誰にも感じたことのない安らぎをくれた。

□□□

いつからか……ヒロセは奥の部屋に籠《こも》ることがなくなった。記憶を手繰《たぐ》れば、恋人ごっこをするかと言い出す前からだ。リビングにいる時間が徐々に長くなり、今では一日の大半を怜史と過ごしている。

並んでソファに座り、ＤＶＤを見たり……面倒な部分ばかり残していると、互いに文句をぶつけ合いながらパズルに向かったり。

目が合い、なんとなくキスを交わすこともある。

甘えるように、誰かにもたれかかることのできる自分が不思議だった。

恋人ごっこをしようと言い出したヒロセは、怜史が身体を預けると当然のように抱き留めてくれる。ベタベタに甘やかすことはないけれど、飼い主に寄り添いたがる犬を宥めるように、ポンポンと頭や背中を叩くのだ。

昼食後、二人でパズルに向かっていると、

「また雨だ」

窓の外が暗くなったことに気づいて、顔を上げた。風に運ばれた雨粒が、ポツポツとガラスを叩いている。

ここでヒロセと過ごすようになって一週間が過ぎたけれど、雨が降っていないことのほうが少ない。

まるで、雨に……水の中に、閉じ込められているみたいだ。

怜史がそう考えたのと、ほぼ同時だった。

「コイツみたいだな。水の中。水槽の中を泳ぐ魚からは、こんなふうに見えるのかもしれないなぁ」

ヒロセの言葉に驚いて、隣を見上げる。

まるで、テレパシーで怜史の心の声が聞こえているのでは、と不思議になるほどいいタイミングだ。

「なんだよ、その顔。オッサンのくせに、メルヘンな発想で不気味か?」

「……ううん。そうじゃなくて、おれ……同じこと、考えてたからさ」

自虐的に『オッサン』と口にしたヒロセに、仄かな笑みを滲《にじ》ませて答える。

怜史と視線を絡ませたヒロセは、なんとも形容し難い表情になった。目を細めて……どこか眩《まぶ》しそうなものだ。

不思議な心地だった。

知り合って十日も経《た》っていない。互いに『ヒロセ』と『サト』という、本名かどうかも疑わしい愛称しか知らない。

それなのに……これは、なんだろう。家族や、一眞《かずま》にも覚えたことのない『共感』とも言える感覚かもしれない。

「ヒロセ」

ポツリと名前をつぶやく。奇妙な顔のままこちらに腕を伸ばしたヒロセが、その胸元に怜史を抱き寄せた。

怜史は微塵も身構えることなく、腕の中に身体を預ける。

「おまえさ、あんまり無防備になるなよ。俺は犯罪者かもしれないぞって、何回も言ってん

だろ」

「……それでもいいよ。これも、何回も言った」

胸の奥が、説明のつかない不思議な感情でいっぱいになっている。息苦しくて……でも、不快ではなくて。

背中にあるヒロセの手にグッと力が込められたと思えば、次の瞬間、唐突に解放される。

どうして？　と見上げた怜史の目に映ったのは、険しい表情で壁掛け時計を見据えるヒロセの横顔だった。

「三時、か。一件、どうしても今日連絡をしないといけないところがあるから、ちょっと出てくる。そのあいだに……逃げてもいいぞ。俺がここにいることを知ったおまえを、仲間と海に沈める算段をしに行くかもしれないからな」

笑うでもなく、茶化す口調でもない。

ただの脅しなのか、わずかでも事実を含んでいるのか、怜史には読めなかった。

……海に沈めるとまではいかなくても、この状況をお膳立てした誰かと怜史をどうにかする相談のために出かけるのかもしれない。

そんな思いがチラリと浮かんだけれど、ヒロセが言うように逃げようという気は皆無だった。

いつまでも、ここにこうしていられない。一眞との約束は、二週間だ。

でも、だからこそ……時間の許す限り、ギリギリまでヒロセといたい。

「ヒロセがいないあいだに、コレを完成させてるかもしれないからな！　戻ってきて、ビビるなよ」

「……そいつは勘弁してくれ。どうせなら、俺も完成現場に居合わせたい」

怜史が指差したパズルは、九割ほど組み上がっている。それを横目で見遣ったヒロセは、そう言って苦笑を滲ませた。

……仕方ないから、帰りを待っていてやろう。

「じゃあ、おれが痺《しび》れを切らす前に帰ってこいよ」

「ああ。そうしよう」

ヒロセのことだから、なにか捻《ひね》くれた言葉を返してくるに違いない。そんなふうに身構えていたのだが、意外と素直にうなずいて立ち上がる。

ジッと背中を見ていると、怜史の視線を感じたのか不意にこちらを振り向いた。大股《おおまた》で戻ってきて背中を屈《かが》ませ、軽く唇を触れ合わせる。

「……じゃあな」

微笑して短く口にすると、今度は振り返ることなく早足で玄関扉に向かった。

なにも言えなかった。

行ってらっしゃいというのも違和感があるし、ヒロセのように『じゃあな』というのは別れの挨拶《あいさつ》みたいだと思ったのだ。

頭に浮かぶのは、先ほどと同じ……早く『帰ってこい』の一言だ。

不安を悟られてしまいそうで、重ねて告げることはできなかったけれど。

車のエンジン音が遠ざかり、ヒロセの気配が完全になくなってからようやく口にすることができた。

「待ってるから、早く帰ってこいよ……バカ」

どこか感傷的な気分に浸る自分が照れ臭くて、誰にも聞かれていないにもかかわらず、可愛くない一言を付け足してしまう。

指先に挟んでいた青いピースを手放すと、大きく息をついて両手を頭上に伸ばした。

「他にやることないし、豪勢な飯でも用意しててやるかな」

独り言は、ガランとした室内に響く。

態度も図体《ずうたい》も大きなヒロセがいたら、もっと狭く感じたのに……。

ヒロセが出て行って、まだ五分そこそこなのに、もう恋しくなっている。それほど、あの存在……手を伸ばせば触れることのできる位置にいることに慣れていたのだと、思い知らされた。

いつもより、手の込んだ夕食を作ろう。余計なことを考えずに済みそうだし、手持ち無沙汰《ぶさた》なのを誤魔化すのにもいいかもしれない。

□□□

……帰ってこない。

七時までは、「遅いんだよ」とブツブツ文句を零すだけだった。

八時を過ぎ、九時が近くなった頃には「腹減ったじゃんか、バカ！　全部食っちゃうからな！」と、怒りを口にするようになった。

十時を超えて……十一時が迫ると、独り言も出てこなくなった。

そしてついに、あと五分もすれば日付が変わってしまう。

……どこに行ったのか、知らない。

誰かと逢《あ》っているのかもしれないけれど、それもわからない。

帰ることのできない、なにかがあった？　まさか、不慮の事故に遭遇して身動きが取れない……とか。

窓の外からは、降り続く雨音が聞こえてくる。ヒロセが出て行ったときより、雨脚が強くなっていた。

たった独りの静かな空間で、しとしと降り続く雨音のみを聞いていると、よくない想像ばかりが膨らんでいく。

ヒロセと連絡を取る術《すべ》はなく、怜史はここで帰りを待つしかできないのだ。

独りが淋《さみ》しいなんて、これまで感じたことなどなかったのに……ヒロセのせいで、こんなにも弱くなっていたのだと思い知らされる。

強く奥歯を噛み締めると、パチンとパズルの破片を組み込む。

残すピースは、あと五つほどだ。

青い海に、小さな穴ができていて……まるで、怜史の胸にぽっかりと空いた不安や淋しさが、そこに映されているみたいだった。

「っ、本当に、完成させちゃうからな。ヒロセのバカ」

青い海を飛ぶように泳いでいるペンギンが、なぜかぼやけて見える。

膝《ひざ》を抱えて、ソファにもたれかかる。真夏だというのに肌寒さを感じて、小さく肩を震わせた。

いつの間にか、ヒロセの存在……寄りかかれば伝わってくる体温がすぐそばにあることが、当然のようになっていた。

他人と共にいることが心地いいと思える自分が、なにより不思議だ。

「なんで、帰ってこないんだよ」

目を閉じた怜史は、ヒロセの顔を思い浮かべる。

嫌味なくらい整った男らしい容貌《ようぼう》、「サト」と呼ぶ低い声、背中や髪に触れてくる大きな手、優しいキス……。

偏食で食べられないものだらけで……それも、子供じみた嫌い方で。

自分勝手で横暴なのかと思えば、本人に自覚はないかもしれないけれど、意外と面倒見がいい。

フルネームも含めて、素性などなに一つ知らない。なのに、ヒロセという男がどんな性格なのか、説明を求められたらスラスラ答えられる自信がある。

浅い眠りに落ちかけては、現実に立ち戻り……リビングを見回して、ヒロセが戻っていないことを確かめる。

そうして夢と現《うつつ》を彷徨《さまよ》っているうちに、窓の外が薄っすらと白んできた。

夜中よりも弱くなった雨音に、チュンチュンと夜明けを告げる小鳥の囀《さえず》りが混じる。

もたれかかっていたソファから背中を離して立ち上がった怜史は、窓際に歩み寄ってカーテンを開いた。

空気を入れ換えようかと窓を開けたところで、少しずつ近づいてくる車のエンジン音に気づく。

「っ、やっと帰ってきたのか。遅い……っつーか、朝帰りとかってふざけんな！」

安堵《あんど》と同時に腹立たしさが込み上げてきて、窓を閉める。

開けていたカーテンも戻して、待ってなんかいない……外を窺《うかが》ってなんかいないぞと、場を取り繕った。

どうしよう。寝たふりをするか……？

そうだ！　ヤキモキさせられた腹いせに、パズルを完成させておいてやろうか。きっとヒロセは大人げなく悔しがるだろうから、鼻で笑ってやろう。

名案だとうなずいて、パズルの前に座り込んだ。残り五つのピースを左手に持ち、一つずつ嵌《は》めていく。

あと三つ……二つ。

完成までもう一歩となったところで、玄関扉の開く音が聞こえてきた。

「ぁー……もうちょっとなのに」

完璧に整えておいてやるつもりだったのに、焦ったせいで手が迷ってしまい、ギリギリで間に合いそうにない。

最後の一ピースを取っておいてやったぞ、と。恩を着せるか。

作戦を変更することにして、大きく息を吐いた怜史は、ポーカーフェイスを繕って背後を振り向いた。

一番に視界に映ったのは、濃いグレーの生地に包まれた脚。

ここを出る時には、スーツなんか着てなかったはずなのに？　と首を捻りながら視線を上に移動させる。

スラックスと同じ色の上着に、光沢のあるネクタイ。白いシャツの襟……最終的にたどり着いた先にあったのは、ヒロセのふてぶてしい顔ではなかった。

「……え？　あ、れ？」

思わず、間の抜けた一言が唇から零れ落ちる。

フレームレスの眼鏡《めがね》、きちんと整えられた短めの黒髪、ヒロセとは違うタイプだけれど整った顔の男だった。

見るからに、仕事のできそうなエリート然とした佇《たたず》まいだ。年齢は、ヒロセより少し若いだろうか。二十代の後半といったところに違いない。

無表情でリビングに入ってきた男は、大股でこちらへ近づいてきた。一メートルほどの距離を残して足を止めると、無遠慮な目でジロジロ見下ろしてくる。

訳がわからず唖然としていた怜史だったが、その男が胡散臭《うさんくさ》そうに眉《まゆ》を顰《ひそ》めたことで我に返った。

「なん……だよ。ヒロセは？」

不審人物を見る目だ。怜史にとってみれば、この男こそが突如現れた不審者なのだが。

ヒロセの名前を出した怜史に、男は眉間《みけん》に刻んだ皺《しわ》をますます深くした。

「ヒロセ、か。ヒロセは戻ってこない。私は、ここの片づけに来ただけだ」

淡々とした、冷たい声だった。最初に顔を合わせた時のヒロセより、ずっと人間味の乏しい冷徹さだ。

男の語った『片づけ』に、自分の存在も含まれているのだと……話しているあいだも逸らされない視線から、伝わってくる。

「戻ってこない、って……あんた、なんだよ」

自分の置かれている状況がまったく見えない怜史は、混乱の極みに陥った。そのくせ、口から出る言葉は不思議と落ち着いたもので……心と思考が、バラバラに切り離されたみたいだった。

「きみが知る必要はない。最寄りの駅まで送ろう。ここでのことは、夢だったとでも思って忘れろ」

「そんな、一方的に言われても……っ」

「ふん？　なにか主張があるなら、聞こう。なにが言いたい？」

「…………」

さあ言え、と。目を眇《すが》めて促される。

床に座り込んだまま男を見上げた怜史は、なにをどんなふうに言えばいいのか……見つけられなかった。

聞きたいことは、既に全部口にしていたのだ。

ヒロセはどこだ？　あんたは何者だ？

……他に、尋ねられることはない。だって、問《と》い質《ただ》すことができるほどヒロセのことを知らないのだから。

「口止め料か。いくらあれば」

財布を取り出そうとしたのか、見上げている男がスーツの懐に手を差し入れた瞬間、カッと頭に血が上った。

口止め料だと？　違うだろう。きっと『手切れ金』だ。

「そんなの、いらねー！　ふざけんなっ」

睨《にら》みつけて、拒絶を口にする。

そんなもの、必要ない。だいたい、誰に、なにを話すというのだ。

あの男について知っているのは、『ヒロセ』という真偽の定かではない名前のみで、ここがどこかさえハッキリしないのに……。

「交通費くらいは必要だろう」

「いらない。バイクがある。……ガス欠で動かないけど」

憤りのあまり、うまく言葉が出てこない。子供のように首を左右に振りながら、震えそうになる唇を噛みしめた。

「ああ……もしかして、道端に放置してあったバイクはきみのものか。そこまで送ろう。ガソリンを届けるように連絡しておく」

ポケットから携帯電話を取り出した男は、怜史に背中を向ける。近くにガソリンスタンドがあるのか、配達を依頼しているらしい声が漏《も》れ聞こえてきた。

今すぐ出て行け、と言わんばかりの態度だ。事実、一分一秒でも早く怜史をここから追い出したいのだろう。

足を止めた男が、チラリとこちらを振り返った。グズグズするなと、目が語っている。

プライドが刺激されて、勢いよく立ち上がった。そんな目で見られてまで、ここに居座る理由はない。

「……っ、出て行けばいいんだろ」

送るという言葉も突っぱねたいところだが、山道の途中からヒロセの車に乗せられてここまで来たので、バイクを放置した場所がどこなのか記憶が曖昧《あいまい》だった。

男の脇《わき》を通り抜けて、靴に足を突っ込む。外に出ると……一晩中降り続いていた雨は、いつの間にか上がっていた。

まるで、雨に閉じ込められているかのようだと、そんな錯覚さえ感じていた。

ここに来てからの約十日間、一歩も出ることのなかった建物の外にこうして立つと、夢から覚めたみたいだ。

そう……夢だったことにしよう。

グッと両手を握り締めると、右手にかすかな痛みを感じる。

「……ぁ」

そっと手を開いて視線を落とした先にあったのは、鮮やかな青だった。無意識に、パズルの最後の一ピースを握り込んでいたらしい。

捨ててしまおうかと指から力を抜きかけて……滑り落ちる直前、再び握り直す。

唇を噛んだ怜史は、ヒロセが水槽のようだと言った山荘を一度も振り返ることなく、男がドアを開けて待つ車に向かった。

《七》

様々な店舗が立ち並ぶ路地は、あまり幅が広くない。

ワゴン車を停めていられる時間は長くないとわかっているので、数メートルの距離を小走りで往復する。

怜史が三度目に『安曇《あずみ》欧風食堂』の扉を開くと、ちょうど一眞が運転席に乗り込んだところだった。

「怜史、準備できたか？　そろそろ出なきゃ、道路が混む」

全開にした窓に右腕をかけて、怜史に顔を向けてくる。

ずっしりとしたプラスチックケースを両手で抱えた怜史は、答えながらワゴン車に駆け寄った。

「あと、これだけ！」

トランクを改造した荷台に、抱えていたケースを積み込む。勢いよくハッチタイプのトランクドアを閉めて、助手席に飛び乗った。

シートベルトを装着すると同時に、車が動き出した。ハンドルを握る一眞が、車内の時計にチラリと視線を向けてつぶやく。

「ギリギリ、十一時すぎに着くかな」

「ごめん。おれがトロトロしていたから……」

「気にするな。昨日は俺が待たせたから、お互い様だ」

正面を向いたまま、左手が伸びてきてポンと頭を叩かれた。ついでのようにグシャグシャと撫で回されて、乱れた前髪が目の前に落ちてくる。

「っ、一眞くん、グシャグシャにしないでよ～。もう子供じゃないんだからさ」

「ははは、悪い悪い。おまえが相手だと、つい。二十歳になったんだっけ。だけど、俺から見ればいくつになっても可愛い弟分だ」

「可愛いって歳じゃないってば」

唇を尖《とが》らせた怜史は、両手で前髪を整える。

窓の外を流れる風景をぼんやり眺めているうちに、危惧《きぐ》していた渋滞に巻き込まれることもなく目的地に着いた。

背の高いビルが林立するオフィス街の一角に広場があり、怜史たちが乗りつけたのと同じようなワゴン車が既に数台停まっている。

公園と呼べるほどの設備はないけれど、小さな噴水と日差しを遮る大きな木が数本植えられている。木陰には木製のベンチがいくつか設《しつら》えられているので、近くのオフィスビルで働く人たちが小休憩するのには最適の場所だろう。

都会のオアシス、という雰囲気だ。

「一番乗り、とはいかなかったな」

「でも今日は、マハラジャさんより先だ！」

路上販売を目的としたワゴン車の駐車を許可されている時間は、平日の十一時十五分から二時間半のみだ。毎日同じショップが顔を合わせることもあり、ついこうして意味のない競争意識を持ってしまう。

隣のカレーショップに勝った、と。小さく両手を握ってガッツポーズを作った怜史に、一眞は「どこがガキじゃないって？」とつぶやいて、苦笑を滲ませた。

そんな言葉は聞こえなかったふりをして、定位置に停まったワゴン車から降りる。周囲で準備を始めている馴染《なじ》みのショップ関係者と簡単な挨拶を交わして、トランクのハッチを開けた。

時間が限られているので、無駄口を叩くことなく黙々と販売準備を整えていく。

買い手はもちろん、販売側もランチタイムは短時間勝負だ。十五分で場を作り、十一時半ちょうどに販売を始めたい。

「怜史、これ……手早いな」

ＩＨ調理器の準備をしていた一眞が、三種類あるランチボックスの陳列をしている怜史に話しかけてきた。

改造したワゴン車には、ちょっとした調理スペースがある。小型のオーブンレンジやスープ鍋を保温することのできる設備もあり、ワッフルメーカーで作りたてワッフルを提供することも可能だ。

「五回目だからね、まぁ……そこそこ慣れたかな」

「さすが。アイツは十回やっても、次どうするんだっけ？　とか悩んでたぞ。モトの頭のデキが違うのかな」

「……本人に聞かれたら、殴られるよ。頭のデキっていうより、アレは覚える気がないだけでしょ。結局、一眞くんに甘えてんだよ」

アイツと口にした一眞に、怜史はアレと答える。それだけで一眞と怜史のあいだでは、誰のことか通じる。

そのアレが、一眞に「甘えている」のだと言えば、一眞は無言で唇の端を吊《つ》り上げた。満更でもない、と横顔に書かれている。

……精悍《せいかん》な顔をしていると思うのだが、脂下《やにさ》がった表情は見ていられない。

「嬉《うれ》しそうなスケベ笑い」

ぽつりとつぶやいた怜史の言葉が聞こえていたのか、背後を通り抜けようとした一眞が無言で尻《しり》を蹴《け》っていった。

雑談のあいだも手を止めることなく陳列作業を進め、なんとか十一時半の販売開始に間に合った。

「よし、今日もその顔で、オフィスワーカーのお姉さまを釣ってくれよ」

きれいに整った場を満足そうに眺めた一眞は、隣に立つ怜史の顔を見ながらニヤリと悪い笑みを浮かべる。

怜史は、眉を顰めて一眞を見上げた。

「おれの取り柄が、顔だけみたいな言い方しないでよ。人聞きが悪いな」

「悪い悪い。『安曇』のランチボックスは、妙な営業の必要なんかないくらい評判がいいってわかってる。だからこその軽口だ。おまえの考案したソレも、昨日で販売三日目なのに大人気だしな」

一眞が視線で指した『ソレ』を、怜史もチラリと見下ろす。

二段になっている正方形のランチボックスは、一段目に変わり種お握りを三個、二段目に日替わりのオカズを詰めているものだ。

ゆっくりとランチを取る時間がなく、オフィスで仕事の傍らに……でも簡単に食べられるよう、小振りのお握りは一つずつ包装してあるしオカズ類はすべてピックに刺している。一品は添えるようにしてあるフルーツも、手を汚すことのないものを選んである。

「試作品を見た祖父《じい》ちゃんには、邪道だって言われたけどね。オムライスは皿に盛ってこそ、握り飯にするものじゃない、だってさ」

「……あー……じいさんの言いそうなことだ。うちのオヤジも、この手のサンドイッチは邪道だって嫌ぁな顔をするからな」

一眞は、この手のサンドイッチと言いながら、フィルムに包まれたピタサンドとパニーニを指差す。

一眞の父親にしてみれば、サンドイッチは角型食パンを使ってこそ……らしい。ギリギリで、コッペパンを使用したホットドックまでは許容範囲だとか。

「互いに、頭の固いオヤジどもには苦労させられるな」

「はは……変革より、伝統の継承を重要視しているからなぁ。でも、毎日完売させてたらそのうち認めてくれるでしょ！」

顔を見合わせて、うんうんとうなずき合った。

その直後、財布を手にした制服姿の女性が目に入って居住まいを正す。忙しい昼休みの始まりだ。

「ありがとうございます。ピタサンドのセットと、ランチボックスBが二つ……スープはコーンスープとコンソメから選べますが、どちらになさいますか？　スプーンやフォークは、そちらから必要なだけお取りくださいね」

怜史がサンドイッチやランチボックスを紙袋へと収めているあいだに、一眞がスープやドリンクを耐熱のカップに注ぐ。それらをまとめてビニール袋に入れて、客に手渡し……次の接客だ。

一番忙しいのは、十一時四十五分からの一時間ほどだ。ふっと息をつくことのできる頃には、十三時になっている。

「怜史、コーンスープ切れたぞ。あとはオニオンだけだからな！」

「了解」

二種類から選べる日替わりスープは、一眞のサンドイッチと怜史のランチボックスを購入した客に共通してつけている。これからの客には、選べなくてごめんなさいと告げなくてはならない。

気がつけば、陳列スペースに残っているサンドイッチは三つ……ランチボックスは、二種類が一つずつになっていた。

「一眞くん、スープってあと三つ分ある？」

「ああ。ついでに、俺とおまえの腹に収まるくらいは残ってるぞ」

「ん、じゃあ……片づけたら、そこのベンチでランチしよう。撤収までに、それくらいの時間はあるよね」

今日も、持ち込んだ分を無事に完売させて店に戻れそうだ。

こうして、お隣のベーカリーと『安曇』が共同でランチのワゴン販売を始めてから、一カ月と少し。

初めは圭司《けいじ》が一眞の手伝いをしていたのだが、祖父の病気療養がきっかけで怜史が実家へと戻ってきたのをいいことに、『あとはおまえに任せた』と投げ出してしまった。

店内メニューは父親が取り仕切っており、まだ助手程度のことしかさせてもらえないのだが、ランチボックスについては怜史が手掛けることを許してくれたので、幸いと言えないこともないけれど……兄は相変わらずの自由人だ。

スープ鍋の保温を切った一眞が、怜史の隣に並んできた。暑かった、と額の汗をハンドタオルで拭っている。

「今日のランチ、オムライスのほうだけど……それでよかった?」

「ああ、あれ美味いよな。すげー好き。俺のパニーニは、スモークサーモン&クリームチーズと蒸し鶏の生姜ソース」

「ん、どっちも美味《おい》しそう」

販売分とは別に、互いのランチを用意してあるのだ。忌憚《きたん》のない感想を言い合えるので、新商品の試食を兼ねている。

残っているランチボックスを見下ろした一眞は、ふっと唇を緩ませた。

「神戸で、いい修業をしてきたみたいだな。高校卒業後の丸二年、一回も家に帰らず頑張ったもんなぁ」

しみじみとつぶやかれて、怜史は「まだまだ、修業不足だけど」と照れ笑いを浮かべた。手放しで褒められるには、至らない点が多々あると自覚している。

高校を卒業してからの二年間、祖父の友人が経営する神戸の老舗レストランで勉強させてもらった。専門学校で基本を学ぶことも考えたが、それよりも一日でも早く実践的な技術を習得したかったのだ。

野菜洗いや皮むきといった、下積みから始め……包丁を持たせてもらえるようになったのは、厨房《ちゅうぼう》に入ってから一年近くが経った頃だった。具体的に教わるというより、賄《まかな》いを食べさせてもらったり傍らで作業を見たりすることで、祖父曰《いわ》く『習う』より『倣う』毎日だった。

住み込みで、早朝から深夜まで厨房に立ち続け……店休日は調理場を借りて他の若手調理師たちと意見交換会を行い、切磋琢磨《せっさたくま》する。

あっという間の二年だった。祖父が倒れなければ、あと数年はあのレストランで修業させてもらっていたはずだ。

「おまえは家業を継がず、大学に進学すると思ってたけどな」

不意に、一眞がつぶやいた。

怜史が実家に戻ってから、半月ほどになる。

これまでは二人で話していても、一度も触れてこなかったのに……修業時代の話題が出たせいだろうか。

「……特にやりたいこととか、なかったから。みんなが行くからって理由で、流されるみたいにして大学進学するのはもったいないと思ってさ。料理、楽しいよ。やるとなれば、超一流を目指す！　伝統の継承も大事だけど、時代に応じた新しいモノを取り入れるのも必要だ。見てろよ、頭の固いオヤジども！」

グッと右手で拳《こぶし》を作り、祖父と父の顔を思い浮かべる。

大学進学をやめて料理の勉強をすると告げた時、担任教師はため息をついて「もったいない」とぼやいた。

祖父は「中途半端な気持ちじゃないだろうな」と眉間に皺を刻み、父は「圭司があれだから、仕方ないな」と、ため息をついた。母に至っては「専門学校に行かなくていいの？　家計は助かるけど」などと、相変わらずどこか的の外れたものだった。

一眞は、「そうか」とだけ口にして……一番意外な反応を示したのは、兄の圭司だった。

深夜に怜史の自室を訪れたかと思えば、

「おまえが、家の犠牲になる必要なんてないんだからな！　ダメ兄貴の代わりに継ごうなんてイイ子ちゃんなこと考えずに、好きなことしろよ！」

そう、ふんぞり返って偉そうに言い放ったのだ。

ポカンとした顔になったであろう怜史に詰め寄り、

「聞いてるのか？　ジジイやオヤジなんか、無視すればいいんだ。おまえの人生なんだから、自分のいいように生きろ」

と……襟首を摑んできて、ケンカを売るような口調で言い放った。

既に決めていたことではあるが、完全に吹っ切れたのは、強気な口調を裏切った圭司の泣きそうな顔を目にした瞬間だったかもしれない。

「大丈夫。おれが、自分で決めたんだ。義務感や、いい格好をしてやろうってつもりじゃないし……兄貴がダメだから、とかじゃない」

目を合わせて静かに答えると、圭司は気まずそうな表情を浮かべて怜史の襟首からパッと手を放し、フンと顔を背けた。

ぶっきらぼうに、「だったらいいけどさ」とつぶやき、激高した自分が恥ずかしかったのかチッと舌打ちしたのだ。

更に、

「おまえが実権を握った暁には、店内コーディネートをおれにさせろ。一眞にも言ったけど、インテリアデザイン……勉強してるからさ。言っておくけど、おれ、あちこちの事務所に出入りして結構な人脈を築いてんだぞ！　おまえが作る飯が不味《まず》くても客に不自由することはないだろうから、せいぜい腕を磨けよっ」

怜史と目を合わせることなくそれだけ言い残し、入ってきたのと同じくらい慌ただしく部屋を出て行った。

怒ったような顔と声だった圭司の耳が赤くなっていたのを、怜史は見逃さなかった。

インテリアデザイン。初耳だった。

圭司がなにをやりたがっているのか、これまで怜史は聞くこともなかったし、考えようとしたこともなかったかもしれない。

同時に、やはり兄は兄で……『イイ子』な弟を圭司なりに気遣ってくれていたのだと初めて知り、一人で頑張っている気になっていた自分こそ子供じみていたのだと、打ちのめされた気分になった。

自分がいなくても、大丈夫。余計な心配など不要だと安堵して、自分のことだけ考えて実家を離れた。

以来、一度も戻ることなく……ただひたすら好きなだけ勉強させてもらえた二年間は、たまらなく充実した日々だった。

「あー……っと、今日最後のお客さんかな」

「…………」

こちらに向かって歩いてくるスーツ姿の長身に、一眞が「全部買って行け～」と念を送る。

怜史は、つい唇に浮かべてしまった苦笑を、うつむいて隠した。

そんなに都合よく買ってくれるだろうか。サンドイッチや怜史のランチボックスは男性には軽いだろうから、客の大半は女性なのだ。

あの人も、チラリと覗いてお隣のカレーショップか中華デリに向かうのでは……。

怜史はそう予想していたけれど、このワゴンの前で足を止めたスーツ姿の男が背中を向ける様子はない。

「これを」

残っているものの中から、怜史が考案したほうのランチボックスを指差して低く告げられて、慌てて顔を上げた。

「あ、ありがとうござ……い、ます」

声が、喉《のど》のどこかで変に引っかかった。

ワゴン車の中に立つ怜史のほうが目線の位置が高いけれど、目の前にいる男が随分と長身だということはわかる。

まだ六月とはいえ、今日など初夏の気候だというのに、きちんとスーツを着てネクタイを締めている。

清潔感のある黒い髪、隙のない端整な容貌、……まるで白昼夢を見ているみたいだ。

ヒロセ……？

自然とその名前が頭に浮かび、唇から零れ落ちてしまわないように奥歯を嚙み締める。

嘘《うそ》だ。どうして、ここに。本当に、あの『ヒロセ』か？

一声も発することができないし、ピクリとも動けない。

頭の中では『どうして?』『ホンモノ?』『別人じゃないのか?』と、疑問符ばかりがグルグル巡っている。

違うかもしれない。そうであってほしい。

矛盾する想いに、グラグラと全身を揺さぶられる。

わからない。怖い。……怖いっ。

きっと、もう一度顔を見たら、あのヒロセか別人かハッキリする。そうわかっているから、確かめるのが怖かった。

そして確かめる以前に、間違いなく『ヒロセ』なのだと、怜史の心は確信していたのだ。

「すみません、お客様。日替わりのスープですが、コーンスープが切れてしまいまして……オニオンスープしかご用意できませんが大丈夫でしょうか」

「ああ。それでいい」

「少々お待ちください。……怜史っ」

小声で名前を呼びながら足を蹴られて、ハッと我に返った。

ボソッと、「スープ、用意する」それだけ答えた怜史は、目の前に立っている男に背中を向けてスープ用の耐熱紙コップに手を伸ばす。

視界から消しても、瞼《まぶた》の裏に残像が刻み込まれているみたいで……目の前に、あの姿がチラつく。

指が……小刻みに震えていた。手の揺れをなんとか抑えてスープを注ぎ、半透明の蓋《ふた》をする。

「一眞くん、これ」

「……ああ。お待たせしました。ありがとうございました！　またお越しください」

愛想よく男を送り出す一眞の背後で、怜史は辛うじて頭を下げる。

一歩も動けないまま怜史が足元に視線を落としていると、一眞が勢いよく振り向いた。

「怜史、おまえな……っ、具合でも悪いのか？」

厳しい声で名前を呼びかけてきた直後、声のトーンを落とす。気遣わしげな気配を漂わせて尋ねられ、ぎこちなく首を左右に振った。

なにも言えない。今、声を出したら……きっと、泣きそうなものになってしまう。

「あと二つ、か。完売したことにしちまおう。おまえも食えよ」

深く息をついた一眞は、残っているランチボックスとサンドイッチをポケットマネーで引き取ると口にして、片づけを始めた。

怜史の様子が明らかに普通ではないので、早めの店仕舞いを決めたに違いない。

なんとか、フォローしなければ。絶対、変に思われている。

頭ではそう焦っているのに、身体が動かない。足元がふわふわしているみたいで、その場に立っているので精いっぱいだった。

□□□

「……二百円、お返しします。ありがとうございました」

手渡すのは、百円玉が二枚。その肌に触れないよう……細心の注意を払って、手のひらに乗せる。

怜史が手を引きかけた時、釣りを手渡した相手が不意に開いていた手のひらを握り締めた。逃げそびれてしまい、指先を摑まれる。

「っっ！」

驚愕《きょうがく》のあまり声も出せずに勢いよく顔を上げると、目の前にいる男と視線が絡んだ。

あの日以来、この男は毎日ワゴンを訪れるけれど、こうしてまともに目を合わせたのは初めてだった。

一眞に不自然さを感じさせないよう、さり気なく怜史が目を合わせないようにしていたことは……きっと本人には伝わっていた。

彼は、真《ま》っ直《す》ぐな目で怜史を見据えていた。

共に過ごしたあの夏から、経過した年数は三年。男……ヒロセが纏《まと》う空気は、怜史の記憶に残るままだった。

端整な容貌、全身から滲み出る奇妙な迫力、どこか他者を拒絶する雰囲気。

違うのは、あの『山荘』ではラフな服装ばかりだったのが、今は微塵の隙もないスーツ姿だということのみだ。

怜史もヒロセも、一言も口を開かない。ただ……視線を逸らせない。

これまで、『あちら』は怜史のことに気づいていないのではないかと思っていた。でも、こうして視線を合わせると、きちんと怜史を認識していたのだと確信が持てる。

怜史が、『サト』だと……。

では、なにを思ってこうして毎日ランチボックスを買いに現れる？　昼食の調達なら、ここでなくてもいいはずだ。

今日まで、話しかけてくるでもなく、なに一つアクションを起こさなかったのに……。

現実感が乏しかった。夢の中に、ふわふわ漂っているみたいだ。

唯一、握られた指先から染み入るぬくもりが、これは現実なのだと怜史に思い知らせる。

指先が、ズキズキと疼《うず》くみたいだった。心臓がそこに移動してしまったのではないかと思うほど、全神経が集中する。

時間の感覚が遠ざかるほど、恐ろしく長く感じた。けれど、実際はほんの数十秒だったに違いない。

「なぁ、怜史。ミネストローネの」

「な、なにっ？　ぁ……」

一眞が怜史の名前を呼んだことで、パッと指先を解放される。背後の一眞を振り向いていた怜史が正面に向き直った時には、青灰色のスーツに包まれた広い背中しか目に映らなかった。

「ぁ、ありがとうございました！」

その背中に向かってなんとか礼を口にして、一眞に向き直る。

「ミネストローネが、なに？」

「悪い。まだ接客中だったのか。えーと……ミネストローネの具が、微妙に偏ったかも。鍋の底に、ズッキーニとセロリが溜《た》まってたぞ」

「……犯人は、おれだな。気をつける」

失敗だったな、と苦笑してゴメンと頭を下げた。怜史の頭に軽く拳を打ちつけた一眞は、大きく息をつく。

なにを言われるか……身体を硬くして、足元を睨みつけた。

「今のお客さん、すっかり常連だな。おまえのランチボックス、気に入ってくれたみたいだなぁ」

笑いながら、「ファン獲得だ」と続けられて、どう切り返せばいいのか頭を悩ませた。

そうして迷いを見せることこそが、不自然なのだと……数秒の沈黙の後に気がつく。

「あんな、見るからにエリートですっていい男が、女子サイズのオムライスお握りを食うのか。うーん、想像したらなかなかにシュールだ」

「……あの人のじゃなくて、誰か、他の人に食わせてるのかもしれない。頼まれて、買い出しに来てるだけ……とか」

「いや、あれは自分の飯だな。あの手の男が、使い走りなんかしないだろ。それに、絶対にオムライスお握りが入っているヤツを選ぶ。こう……眉を寄せて難しい顔でさぁ。うん、今度本人に、気に入ってくれましたかって聞いてみよ」

「やめろよっ」

一眞の口から出た言葉に、反射的に言い返してしまう。そうして過剰反応したことに驚いたのは、怜史自身だった。

「……怜史？」

怪訝《けげん》な声で名前を呼ばれ、ハッと口元に手を当てる。

情緒不安定になって、なにも知らない一眞にもどかしさをぶつけるなんて……完全な八つ当たりだ。

「あ……っ、ごめん」

肩を落として、ぽつりと謝る。一眞からの言葉はなく、呆れられてしまったかと恐る恐る視線を上げた。

「怜史さぁ、さっきのスーツ……知り合いなんだろ。おまえが背中を向けている時も、ジッと見てるのに気づいていたか？　おまえもあの人も、相手を意識してるくせに話しかけることもしないで……って、初恋に戸惑う不器用な中学生みたいだな」

冗談めかした表現は、なんとなく硬い場の空気を和ませようという意図に違いない。

怜史はぎこちない笑みを浮かべて、軽口に乗る。

「初恋って、甘酸っぱい響きだなぁ。……初恋は叶わない、とか言うけど」

「まぁ、大抵の『初めて』は手探りで不器用で……うまく立ち回れなくて、失敗することが多いからな。その失敗から学んで、ちょっとずつコツを掴むんだ。それでも、初恋が百パーセント叶わないってモノじゃない。俺の友達に、幼馴染みと結婚したやつがいるぞ」

「……幼馴染み、ね。一眞くんが実らせたのは、初恋じゃないよな？」

からかう口調で言いながら、ふふ……と薄い笑みを浮かべる。怜史を見下ろした一眞は、嫌そうに顔を顰《しか》めた。

「いくらなんでも、それはない。不気味すぎるだろ。つーか、お兄様をからかうな！」

「あはは、照れた」

今度は手放しで笑う。

どこかずっしりと重かった空気が、ようやく軽くなってホッとした。

怜史がはぐらかしたことに気づいているはずなのに、一眞は『さっきのスーツ』についての話を蒸し返そうとはしなかった。

笑いながら、泣きそうな気分になっているのを耐えていると……察しのいい一眞には、感づかれていたのかもしれない。

《八》

「はー……やっと一息つけるな。客が途切れないのは、ありがたいと思わなきゃならんのだろうが」

「……ん」

小さく零した一眞の言葉に答えながらチラリと見下ろした腕時計は、十三時をわずかに過ぎたところだった。

今日も、ヒロセは来るだろうか。

約束をしているわけではない。怜史は、今もヒロセの素性を知らなくて……あちらが移動販売のワゴンに来なくなれば、それで終わりだ。

今日は来たとしても、明日は来ないかもしれない。明後日は？

不確定なものばかりだ。

「今日は遅いな」

「……なにが？」

一眞がなにを指して『遅い』と言っているのかわかっていながら、怜史は素《そ》っ気《け》なく言葉を返す。

　ふっと吐息をつく気配が伝わって来たけれど、一眞はそれ以上なにを言うでもなく撤収の準備を始めた。

「…………」

　怜史はキュッと唇を引き結び、外に立つ客からは見えない位置に置いてあるランチボックスを見下ろした。

　もしヒロセの姿が目に映れば、さり気なく陳列ケースの隅に載せるのだ。取り置きをしていたわけではない。たまたま、最後に一つだけ残っているのだと……。

　なに一つ確かなものなどないのに、こうして怜史はヒロセの訪れを待っている。

　これまで、一度も話しかけようとしなかったわけではない。

　ただ、名前を呼びかけようとするたびに、あの……最後の朝が思い浮かび、結局怖くてなにも言えなくなってしまう。

　戻ってこなかったヒロセ。

　ここでのことは忘れろと、一方的な言葉を投げつけられたこと。

　口止め料が必要かと言い放った男の目を思い出すたびに、悔しくて、腹立たしくて……淋しくて。

　言われるままに、忘れようとした。

ヒロセという男の存在も、水槽の中に閉じ込められているかのように二人きりで過ごした日々も。

今となっては、あの山荘に辿《たど》り着《つ》くことさえできない。現実から切り離された、異次元だったのではないかとさえ感じていた。

遠い過去か夢だったかのようにあやふやな存在だったヒロセが、前触れなく現実世界に現れたことに、怜史の思考はまだ追いついていない。

なにを考えているのか、ヒロセも怜史に話しかけてこないのだ。

ヒロセと山荘で過ごした記憶は、怜史が勝手に作り上げた妄想だったのではないかと、そんな気さえしてくる。

どうにかなりそうだった。

「あ」

ふと顔を上げた怜史の目に、こちらへ向かって歩いてくる人影が映る。

ヒロセではない。細身の黒いシャツとストレートのホワイトジーンズ、髪はダージリン紅茶のような艶《つや》のある華やかな色で、オフィス街を行き交うスーツ姿の人たちから恐ろしく浮いている。

「ん?」

怜史の上げた声が耳に入ったのか、しゃがみ込んでいた一眞が不思議そうな顔で立ち上がった。

怜史が説明は不要かと思った通り、その人物はすぐさま一眞の目にも入ったらしく、小さく「あ」と零してチラリとこちらを見下ろす。

「……おれ、ちょっとお手洗いに行ってくる」

用を足そうと思ったら、近くの複合商業施設にあるお手洗いを借りるしかない。

そう言い残して一眞の背後を通り抜けようとした怜史に、「変な気ぃ使うなよ」という、慌てたような言葉がかけられる。

「気ぃ使うって、なにが。用を足すだけだよ」

わざと憎たらしい表情を作って、舌を突き出す。

一眞は、ほんの少し気まずそうな……照れくさそうな苦笑を浮かべて、「悪い」とつぶやいた。

怜史は聞こえなかったふりをして、ワゴンの荷台を降りる。

「あれ？　あいつ、どこ行くの？」

「あー……便所だと」

そんな会話を背中で聞きながら、早足でワゴン車から離れた。

二日前、別れるだか別れないだかの大ゲンカをしていたはずだが……無事に仲直りしたらしい。

ケンカをするほど仲がいいという言葉があるけれど、あの二人ほどそれが当て嵌まる関係を他に知らない。

「もう三年かぁ」

一眞と圭司の二人は、幼馴染みを超越した関係を怜史に隠しているつもりだったらしい。怜史がサラリと「知ってるよ」と告げた瞬間の、鳩《はと》が豆鉄砲を食らったような顔は……今思い出しても笑える。

足元に視線を落として、ふっと思い出し笑いを滲ませた。無理やりではなく、自然とこうして笑えるのは、あの日々のおかげだ。

今でも、一眞のことは好きだ。

でもそれは、兄のような幼馴染みに対する慕わしさでしかなく、『恋』だと感じていた想いが本当にそれほど深いものだったのかも、あやふやだ。

ワゴン車にいる二人からは見えない場所で時間を潰していた怜史だったが、腕時計を見遣って一つ息をつくと、踵《きびす》を返した。

「あの二人が、片づけ……は、してくれてないだろうなぁ」

撤収は、十三時十五分。大急ぎで作業しても、諸々の片づけに五分くらいはかかる。

ストップウォッチを手にした区役所の職員に見張られているわけではないし、もし運悪く見咎《みとが》められても、五分くらいの遅延は黙認してくれるだろうけど……そろそろ戻らなければいけない。

下手したら、馬に蹴られるか？　などと考えながら広場に戻った怜史の目に、ワゴン車の脇に立つスーツ姿の長身が映った。

ドクン、と。心臓が大きく脈打つ。

ヒロセ……？

思わず足を止めかけた怜史だが、なんとなく不穏な空気に気づいて小走りでワゴン車へ向かった。

なんだ？

身を乗り出したヒロセが、ワゴン車の荷台部分に腕を伸ばしている？

「ッ、なん……だよっ」

「なに？　じゃねーよ。アイツがいないと思ったら、コソコソと」

怜史の耳に入るのは、兄の声と……ヒロセの低い声。

ランチボックスをやり取りする際の短い単語ではなく、これほどきちんと語っているのを聞くのは三年ぶりだけれど、この声を忘れてなどいない。

「な、なにして……っっ」

慌てて駆け寄った怜史に顔を向けたヒロセは、グッと眉間に皺を刻んだ。横目でワゴン車を見遣ったかと思えば、怜史の二の腕を強く摑む。

「え……えっ？　あの」

なにが起こっているのかわからず、目を瞠《みは》ってヒロセを見上げた。ヒロセは怜史と視線を合わせることなく、硬い表情でワゴン車から引き離そうとする。

戸惑うばかりの怜史は、その場に足を踏ん張ってワゴン車の荷台にいる一眞と兄に目を向けた。

「なんなんだよっ？」

肩を並べている一眞と兄は、怜史と同じくらい戸惑いの滲む表情を浮かべている。

その顔のまま怜史とヒロセのあいだに視線を往復させた一眞が、惚《とぼ》けた調子でつぶやいた。

「さぁ……なんだろうなぁ」

「な、なんだろ……って、なに？　ヒロセ……っ」

ヒロセ、と。

声に出してその名前を呼んだ怜史を、ヒロセはチラリと振り返る。構えることなく自然と唇から零れ落ちたことに、怜史自身が一番驚いた。

これが本当の名前かどうかも、わからないままなのに。口にした後で、息苦しいほどの切なさで胸がいっぱいになる。

複雑な想いを抱える怜史に、ヒロセは低い声で短く返してきた。

「いいから、来い」

「でも、片づけ……撤収、が」

混乱の極みに陥っているくせに、怜史の口から出るのは現実的な言葉だった。状況が摑めず、訳がわからないからこそ、目の前にあって深く考える必要なく切実な単語が出てきただけかもしれない。

ポカンとした表情だった一眞が、我に返ったかのように頭を左右に振った。怜史に向かって右手をひらひらさせながら、笑いかけてくる。

「……俺と圭司でやっておく」

「はぁ？　なんで、おれが……っ」

当然のように名前を出されて勢いよく一眞を振り仰いだ圭司が、なにやら文句を言っているようだけれど、もう怜史の耳には届かなかった。

「どこ行くんだよっ」

呼びかけに答えはない。

ただ、ヒロセの指は痛いほど強く腕に食い込んでいる。無言のまま、抗えないほど強い力で腕を引かれて、よろよろと従った。

「ひ、ヒロセ……？　なぁって、なんか言えよ」

ヒロセは、怜史の腕を摑んで歩き続ける。ストライドが大きいので、怜史は小走りにならなければついて行けない。

何度目かの呼びかけにも、返答はなかった。

目の前にある広い背中を見詰めて、これは本当に現実なのかと自問する。

……答えは出ない。でも、腕に食い込む指の力強さや肌で感じる体温が、夢や幻ではないと教えてくれる。

泣きそうな心地で、ただひたすら足を運ぶ。ヒロセは怜史を振り返ることもなく、広場のすぐ近くにある高層ビルへと入った。

扉の脇にあるカードリーダーに、ＩＤカードらしいものをかざしてロックを解除していたので、不法侵入ではないはずだ。関係者用の出入り口らしく殺風景だけれど、怜史にはあまりにも場違いな雰囲気だった。

床の素材は、艶々に磨かれた石。壁も同じ種類の石らしく、夏場でもひんやりとした空気が漂っている。

正面玄関から入れば訪問者を迎える仕様に整えられているのかもしれないが、ここには花瓶や絵画といった派手な装飾は見当たらない。でも、それが却って高級感を誇示する必要などないのだという、余裕のようなものを感じさせた。

「か、勝手に部外者を連れ込んだら怒られるんじゃ……っ」

戸惑いに揺れる声で、ヒロセの背中に話しかける。

怜史の声は大きなものではなかったけれど、天井の高いガランとした廊下にやけに響いてしまい、焦って口を噤《つぐ》んだ。

「気にするな。俺の所有物だ」

「……は、ぁ⁉」

ボソッと返ってきた言葉は、あまりにもさり気ない一言で。一瞬、なにを言われたのかわからなかった。

俺の所有物。って、まさかこのビル……が？

意味を解したと同時に、これまで以上の驚きに襲われた。

「っっっ？」

目を見開いて言葉を失った怜史を、ヒロセはようやく振り返る。

「正確には、そう遠くない未来に俺のものになる……だがな」

肩を上下させたヒロセは、スーツの懐からカードケースを取り出す。そこから一枚抜き出した名刺を差し出されて、恐る恐る手を伸ばした。

「本郷《ほんごう》……弘瀬《ひろせ》？」

一番に怜史の目に飛び込んできたのは、中心部にシンプルな黒の書体で印字されたその名前。名前の上部には、それより少しだけ太い字で『本郷グループ　アミューズメント&エンターテイメント部門　統括本部長』の文字が。

驚くポイントはいくつもあったけれど、なにより怜史の目を釘付《くぎづ》けにしたのは漢字と英字で記されている中央の文字だった。

本郷弘瀬。

ホンゴウ、ヒロセ。

「ヒロセ……って、本当の名前だったんだ」

呆然《ぼうぜん》とした調子でそんなふうにつぶやいた怜史に、ヒロセは苦いものを含んだ声で返してくる。

「偽名だとでも思ってたか？」

「違うよっ。偽名、ってほど疑ってたわけじゃないけど……ファーストネームだとは、思わなかった」

ぽつりぽつり答える怜史の口調では、言い訳のように聞こえるかもしれない。でも、まだ戸惑いが勝っていて……頭がうまく働かないのだ。

今、こうしてヒロセと向かい合っていること自体、現実感が乏しい。

「なんで？　っていうか、どうしておれ、こんなところに連れ込まれてんの？」

やっぱりダメだ。論理的に考えようとしても、頭の中が真っ白だ。

混乱のままグシャグシャと片手で髪をかき乱す怜史を、ヒロセはなにを考えているのか読めない無表情で見下ろしていた。

ようやく口を開いたかと思えば、

「連れ込むってのは、人聞きの悪い言い回しだな。俺がなにやら、いかがわしいコトをしようとしてるみたいじゃねーか」

どこか茶化す空気を含んだ、そんな飄々とした言葉で……自分の中で、ブチっとなにかが弾けたような錯覚に襲われた。

俗にいう、緊張の糸が切れる音だったのかもしれない。

勢いよく顔を上げた怜史は、ヒロセを睨みつけて言い返す。

「おれからすれば、充分にイカガワシイよっ！　一言の説明もなく、強引に腕を掴んで連れて来られて……もう、ワケ、わかんね……っ」

ヒロセが現れてからの緊張や、様々な懸念。どうしてという疑問ばかり頭の中を巡っていたかと思えば、これだ。

混乱という一言では言い表せない。

初めは強い口調だったのが、徐々に力が抜けていき……最後は、情けないことに今にも泣き出してしまいそうな頼りない声になってしまった。

「怜史」

うつむいた怜史の頭上から落ちてきた低い声に、グッと奥歯を噛み締める。

息が苦しい。胸の奥に、正体不明の熱いものが渦巻いている。頭の中がぐちゃぐちゃで、翻弄《ほんろう》されるばかりの自分が悔しい。

なのに、ヒロセの声を耳にするだけで勝手に心臓が鼓動を速める。

あの声で、怜史と……呼ばれると。

「……っ、なんで、おれの名前……っ？」

ふと、違和感に気づいて顔を上げた。

怜史は、『ヒロセ』としか知らなかった。怜史がヒロセに名乗ったのは、『サト』とだけなのに……。

怜史と視線を合わせたヒロセは、「ん？」と眉を跳ね上げて、どこか面白がっているような表情を浮かべる。

「鈍いな。……安曇怜史。どこが大学生だ。ようやく二十歳になったくせに」

「な……っっ」

澱《よど》みなく語られた自分のフルネームと年齢に、身上調査を済まされているのだ、と伝わってくる。

「お、おれには正体を隠していたくせに、ヒキョーモノ……」

力いっぱい罵倒《ばとう》してやりたい。あの山荘から追い出された日、そして目的もわからずヒロセが再び自分の前に現れてから。

……どんな思いをしたのか、全部ぶつけたい。

それなのに、あまりにも頭の血が上っているせいか、言いたいことの三分の一も出てこなかった。

レッドゾーンを振り切れた針が行き場を失うように、限界まで膨らんだ憤りは散り散りに弾け飛んでしまったようだ。

なにも言葉にならなくて、震える唇を強く噛む。

「後になって調べたんだよっ。だいたい、おまえ……っっ。ぁー……悪かった。そんな顔するなよ」

あの頃と同じ、傲慢《ごうまん》な口調でなにか言いかけたヒロセは、途中で言葉を切ってストンと声のトーンを落とした。

自然な仕草で怜史の頭を胸元に抱き寄せる。

額に触れるスーツの生地に、ますます泣きたいような心もとない気分になった。

これは、誰だ。

見るからに仕事のできるエグゼクティブです、という空気を漂わせたスーツの男なんて、知らない。

怜史の知っているヒロセは、こんな男ではない。

ラフな部屋着姿で、ソファの上でゴロゴロしながら海外ドラマを眺めて、脚本に難癖をつける。

お湯で溶くだけのインスタントコーヒーでさえ上手く淹れられず、あまりの濃さに無言で眉を顰めて牛乳を注ぎ足す。

生トマトやニンジン、パセリやセロリ、ネギとピーマンも食べられない。

怜史とは住む世界の違う巨大企業の入ったビルが、そう遠くない未来に自分の所有物となる……『本郷弘瀬』なんて男前、『ヒロセ』とは別人だ。

誰だよ、あんた。軽々しく触るなよ、と。

そう突き放してやろうと腕を上げかけたのに、怜史の背中を抱くヒロセがつぶやいた一言に、ピタリと動きを止めた。

「サト、なぁ……罵《のの》り文句でもいいから、なにか言え」

当然のように、サトと口にする。

ズルい。

たったそれだけで、突っぱねようとした腕から力が抜けてしまう。泣きそうに顔を歪《ゆが》めた怜史は、一番に思い浮かんだ言葉を口にした。

「……バカ」

「おい」

「罵り文句でもいい、ってヒロセが言ったくせに」

「っても、おまえそんな、小学生のガキみたいな……バカって、なぁ？」

困ったような、戸惑いを滲ませた低い声がおかしくて……強張っていた肩から、スーッと力が抜けた。

「ふ……っ、もうなんでもいいや」

深く息をついた怜史は、脱力した身体をもたせかける。ヒロセからの言葉はなく、背中を抱き寄せる腕の力だけが強くなった。

なにが悔しい、って……こうしてヒロセに抱き締められて、言葉にならない安堵に包まれている自分だ。

説明してほしいこと、ぶつけたい思い。

話さなければならないものは無数にあるはずなのに、子供のように抱き込まれているだけで形容しがたい満足感に包まれて言葉を失う。

二人のあいだを隔てていたはずの、三年という月日が急速に縮まっていく……。

言葉もなくヒロセの腕に抱かれて、どれくらいの時間が流れたのだろう。固い床を踏むカツカツという足音が近づいてくることに気づき、慌てて身体を離す。

「サト」

ヒロセがなにか言いかけたのとほぼ同時に、「弘瀬さん！」と呼びかける男の声が廊下に響いた。

「あぁ？　……なんだ、おまえか」

振り向いたヒロセが、不貞腐《ふてくさ》れたような口調で口にした。

ヒロセの身体の陰になっていることで、怜史の位置から声の主の姿は見えない。あちらからも、きっと見えていない。

「なんだではありません。どこまで昼食を買いに行っていたんですか？　道草を食うなら、携帯を持って出てください」

「不測の事態が起こったんだ。そういえば、飯……買いそびれた。腹減った」

「なにをしているんですか、あなたは。残念ながら、時間切れです。ひとまずゼリー飲料で腹の虫が鳴らないようにして、会議の終了後に改めて食事をしてください。だから、私が昼食を準備すると言……」

ヒロセにお小言を零していた男は、そこでようやく怜史の存在に気づいたらしく、言葉を途切れさせる。

顔を上げた怜史と、男の視線がまともに合った。その瞬間、怜史は声もなく「あ」の形に口を開いた。

あの男だ。ヒロセは戻らないと冷たく言い放って、口止め料をチラつかせながら怜史を山荘から追い出した……嫌な奴。

あちらも、怜史が三年前に顔を合わせたことのある『不審者』だと気づいたのか、眉を顰めて……目を逸らした。

「くそ、仕方ないな。おい、サト。身体が空くのは何時だ？」

腕時計を見下ろして忌々《いまいま》しげな舌打ちをしたヒロセは、怜史を見下ろして有無を言わさない口調で尋ねてくる。

迫力負けした怜史は疑問を返すこともできなくて、促されるまま答えた。

「え……十一時半、くらい？」

フリーになるのは日によってバラバラなのだが、幸い明日は店の定休日だ。片づけがあるだけで、翌日の仕込み作業をしなくていい分、いつもより早くに自分の時間を持つことができる。

「わかった。じゃあ、零時ちょうどにそこの広場に来い」

「な、なんで？」

「説明は後だ。自宅前に派手なロールスロイスを乗りつけられたくなかったら、すっぽかそうなんて考えるなよ」

ヒロセは、とんでもない脅し文句を口にして踵を返した。唖然《あぜん》とする怜史を振り返ることもなく、あの男を伴って廊下の角を曲がる。

怜史が、顔見知りだらけの自宅周辺で悪目立ちしたくないと、細心の注意を払って生活していることなど知る由もないのに……的確に見抜いている。

零時に、そこの広場で。なにがある？

放心したように一人でぼんやりと立ち尽くしていたけれど、恐ろしく不審な姿ではないかと我に返って慌てて出入り口に向かった。

幸い出ていく人間に対してはガードがゆるいらしく、扉を押しただけで建物の外に出られた。閉じたドアにオートロックのかかる音がして、自分と『本郷弘瀬』のあいだにクッキリとした線を引かれたように感じる。

結局、疑問と混乱が深くなっただけだった。

深夜零時。言われた時間にここに来て、改めてヒロセと逢えば、すべての答えが出るのだろうか。

ヒロセは、この建物のどこかにいる。あの様子だと、きっと今はもう怜史のことなど考えていない。

首が痛くなるほど背の高いビルを一度だけ仰ぎ見て、足元に視線を落とす。

深く息をついた怜史は、一眞と……片づけを手伝わされて不機嫌な主司が待っているはずの広場に向かって、足を踏み出した。

□□□

深夜のオフィス街は閑散としていて、多くの人が行き交う昼間とはガラリと様相を変えていた。

まるで、半日前とは別の街になったみたいだ。物音もほとんどしないし、高層ビルの側面に整然と並んだ窓を飾る光もまばらだった。

急ぎ足で広場に向かっていた怜史だったけれど、小さな噴水の前に立つ長身の影に気づいて歩く速度をゆるめる。

シューズを履いている怜史は足音を立てていなかったはずだが、人の気配を察したのか、噴水に向かっていた男がこちらを振り向いた。

「きちんと来たな」

昼間に逢った時と同じスーツを身に着けているヒロセは、そう言いながらかすかな笑みを浮かべた。

街灯の光はさほど強くないけれど、互いの表情を見て取ることくらいはできる。

「ロールスロイス、乗りつけられたら、迷惑だし」

怜史がぽつぽつ答えると、無言で笑みを深くした。なんのために、深夜こんなところへ呼んだのだと質問をぶつけようとしたところで、

「じゃ、行くか」

という一言と共に、歩き出す。

呆気《あっけ》にとられた怜史が立ち尽くしていると、大股で近づいてきて腕を摑まれた。

「もたもたするな」

「ごめん」

当たり前のような口調で咎められ、つい謝ってしまう。直後、謝罪の必要などなかったのではないかと気づいて唇を噛んだ。

ヒロセは、怜史の複雑な心境などお構いなしに、迷いのない足取りで歩いていく。完全にこの男のペースだ。

腕を振り払って逃げることも不可能ではなかったけれど、こうなればすべての種明かしをしてもらおうと渋々ヒロセに従った。

怜史を伴ったヒロセは、昼間のビルの地下にある駐車場へと入っていき、迷う様子もなく一台の車の脇で足を止める。

ピピっと小さな電子音と共にロックを解除し、助手席のドアを開けた。

「どうぞ?」

招待してやったと言わんばかりの偉そうな口調で、乗り込むように促される。傲慢な仕草に反発心が湧き、怜史は眉を顰めて視線を逸らした。

「じゃなくて……理由と目的を言って、乗ってくださいと頼めば?」

不貞腐れた口調でそう言った怜史を、ヒロセはフンと鼻で笑って一枚上手な言葉を返してきた。

「丁重な扱いをご所望か。抱っこして乗せてやろうか?」

「……冗談」

これ見よがしなため息を残して、仕方なくシートに腰を下ろす。すぐさま運転席に回り込んだヒロセも車に乗り込み、エンジンを始動させる。ゆっくりと動き始めた車内で、怜史はボソッとつぶやいた。

「レクサスじゃんか」

怜史から見れば、確かに高級車であることには変わりない。が、ロールスロイスほどわかりやすく派手な車ではない。

ハンドルを握っているヒロセは、クッと肩を揺らして怜史のぼやきに答えた。

「別に嘘ついたわけじゃねーよ。アッチのほうがよかったか?」

「…………」

巧みな切り返しを思いつかなくて、だんまりを決め込んだ。顔を背け、助手席の窓の外を眺める怜史にヒロセはなにも言ってこない。

結局目的地も知らせてくれず、ただ車を走らせている。

怜史は半ば意地になって、それ以上なにも尋ねることなくシートに背中を預けた。

ヒロセがハンドルを握る車は、都心を抜け、有料道路を経て海岸線沿いをしばらく走り……ようやく停まった。

あのビルから一時間はかからなかったはずだが、時計を確かめていないので正確にはわからない。

「着いたぞ。降りろ」

「ここ……なんだよ」

「到着してから、目的地を訊くのか。愉快な奴だな」

「っ、わざわざ人の神経を逆撫でする言い方するなよ！」

「あー、はいはい悪かった。百聞は一見に如《し》かず、だ。ひとまず車から降りろ。……おまえに見せたいものがある」

ふと真剣な声になったヒロセに、ようやく目を向けた。

怜史の目に映るのは横顔のみだ。それも、見事なポーカーフェイスで……なにを考えているのか、読み取らせてくれない。

今の怜史には、ここが広い駐車場の一角だということしかわからず、知りたければヒロセの言うように車から降りるべきだろう。

言いなりになるようで悔しいけれど、意地を張り続けても自分のストレスになるだけだ。

忌々しい思いを抱えながら、無言でシートベルトを外して助手席のドアを開けた。

怜史が車から降りるのとほぼ同時に、ヒロセも車外に出たようだ。背後でロックのかかる音がする。

低く「こっちだ」と促されて、照明のほとんど灯されていない暗い駐車場を横切った。だだっ広い駐車場なのに、停まっているのはヒロセのレクサスと……ワゴン車が一台、機材を荷台に積んだトラックが二台だけだ。

ヒロセが向かう先にあるのは、ずいぶんと大きな建物だった。その半分近くが海に突き出していると、近くまできて初めて知った。

白い壁には目立つ汚れなどなく、真新しいものだと見て取れる。

建物の上部に掲げられた大きな横断幕には、『aquarium』の文字と一カ月後のオープンを知らせる文字が。よく見れば、海風を受けてはためくノボリには、『日本初の体感型』とか『未体験ゾーン』とか『大人も子供も夢の海へ』とか……宣伝のための煽《あお》り文句が印刷されている。

「水族館……？」

深夜という時間帯のせいで、駐車場や建物に明かりが灯《とも》されていないのだと思っていたけれど、オープン前であることも要因なのかと目を瞠った。明るい時間帯だと、もっと早くにここが水族館だと気づいたかもしれない。

オープン前の水族館に、なんの用がある？　しかも、こうして怜史を連れてきて……。

戸惑う怜史をよそに、ヒロセは迷う様子もなく歩を進めている。

「ヒロセ、ここ……って」

「もうちょっとだから、黙ってついてこい」

相変わらず偉そうに言い返されてムッとしたけれど、腕を放してくれないから仕方なくついて行くのだ……と自身に言い訳をして、ヒロセに誘導されるまま歩き続けた。

スーツのポケットからカードキーを取り出したヒロセは、当然のように通用口らしき扉のロックを解除して建物の中へと入っていく。

それで、この建物もあの高層ビルと同じようにヒロセのもの……もしくは、いずれヒロセのものになるのだろうと知った。

明度の乏しい非常灯のみが点灯した建物内は、不思議な空気が漂っていた。人の気配は皆無なので、当然静かだ。でも、かすかなモーター音や水音がひっきりなしに聞こえてきて、完全な無音ではない。

今歩いているのは、見学者用ではなく関係者用の、いわゆる裏通路なのだろう。通路の両脇には魚の餌《えさ》らしき袋や大きな網が放置されている。コポコポと水泡の立ち上る小型の水槽も並べられていて、横断幕にあったように、ここがアクアリウム……水族館なのだと、説明されなくても確信が持てた。

「もう、いいだろ。なんなんだよ。どうして、ここに……」

痺れを切らした怜史が説明を求めると、白い扉の前で足を止めたヒロセがこちらを振り向いた。

摑まれていた腕を唐突に解放されて、目をしばたたかせる。

「メインは、このドアの向こうだ。……開けてみろ」

やっと口を開いたかと思えば、ヒロセが語ったのはそんな言葉だ。やはり、質問の答えにはなっていない。

「メイン……？」

「ああ。今、この先を知っているのは、職員を含む関係者だけだ。プレスにも、まだ公開していない」

そんなところに、完全な部外者である自分を立ち入らせてもいいのか？

戸惑いと躊躇《ためら》いに動けずにいると、ヒロセの手が怜史の右手を握った。もたもたしている怜史に焦《じ》れたのか、強引にドアノブに手をかけさせる。

……自分勝手で、強引だ。

こんな部分は、あの頃のままで……変なところでやっぱりあの『ヒロセ』なのだと、再確認する。

「目、閉じろ。俺が合図するまで、開けるなよ」

イタズラを企む子供みたいだ。

唯々諾々《いいだくだく》と従うのはなんだか癪《しゃく》だったけれど、毒食らわば皿まで……と自分に言い聞かせて瞼を伏せた。

手をかけていたノブが動き、静かに扉が開く。

これまでよりも更にひんやりとした空気に全身が包まれて、半袖のシャツから伸びた腕に鳥肌が立った。

水の匂いも、強くなったような気がする。

そこに、なにがある？　確かめたいけれど、ヒロセからは目を開けていいという言葉がまだない。

「まだ？」

「急《せ》かすな。あと一、二歩だな」

ヒロセに手を引かれるまま、前に向かって数歩足を動かす。

視覚に頼れないせいで、それ以外の感覚が研ぎ澄まされているみたいだ。

耳に入る音、匂い……なにより握られた手から伝わってくるヒロセの体温を、やけに生々しく感じた。

「……よし、もういいぞ」

くしゃっ、と。髪を撫でて促され、閉じていた瞼をゆっくりと押し開いた。

その瞬間、怜史の視界は『青』に染まる。

「っ……海？」

視界だけではない。全身が、青、蒼……藍《あい》、なんとも形容しがたいブルーのグラデーションに包まれていた。

言葉を失う怜史の目の前を、キラキラ銀色に輝く小魚の群れが横切る。

海の真ん中……それも海中に、ポンと身体一つで放り出されたみたいだった。上下左右の感覚さえなくなり、水中に漂っているみたいな不思議な心地だ。

呆然と立ち尽くす怜史の肩に、ヒロセが手を置く。

「この時間は別の場所にいるが……ペンギンも、真正面や頭の上を横切る姿を見られるぞ。ここは裏方用の通路だからこんな感じだが、客は上から小型カプセル……観覧車みたいなヤツに乗って、スロープ状になった透明トンネルを二十分かけて下る」

ヒロセが指差した先には、巨大な水槽の真ん中を貫くように設置されたチューブ状の透明なトンネルが、確かにあった。

自分たちがいる場所もだけれど、そのトンネルもあまりにも透明度が高くて、水に溶け込んでいるみたいだ。

「アクリルパネルの透明度と強度がずば抜けているから、できる技だな。日本の技術力に拍手しろ」

低い声に、無言でピタピタと両手を打つ。

力が入らないので小さな音だったけれど、素直に従った怜史がおかしいのか、ヒロセが笑う気配が伝わってきた。

怜史の頭からは、疑問やヒロセに対する苦情……言いたいことも聞きたいことも、なにもかもが吹き飛んでいた。

ただひたすら、目の前に広がる『海』に圧倒される。

そうして、時間の感覚が遠くなるほど長い時間立ち尽くしていた怜史だったが、ふと肌寒さを感じて肩を震わせた。

「……寒いか?」

「あ」

低いつぶやきと同時に、身体がぬくもりに包まれる。背後から長い腕の中に抱き込まれているのだと気づき、ビクッと全身を強張らせた。

いつの間にか、ヒロセの存在さえ頭の隅に追いやっていた。独りで水の中にいるような気分だったのが、突如現実へと呼び戻される。

「ヒロセ……ここ」

「俺が、企画段階から設計にまで携わった施設だ。ついでに、名義も俺だ」

つまり、名実共にヒロセの所有物……ということか。

身動《みじろ》ぎもせずに水の中で揺れている海藻を凝視していると、耳のすぐ傍でヒロセの声が聞こえてきた。

「不気味なくらい大人しいな。拍子抜けだ」

「っ！　んだよっ、暴れてほしいのか？」

「そうは言ってないだろ。……怜史、サト、おまえ……俺のものになれよ。あんな男、おまえから捨てちまえ」

予想もしていなかった言葉に、無言で目を瞠る。

なんだ、今の……。ヒロセは、なんて言った？

「ちょっと姿が見えなくなったからって、他の男を連れ込むなんざ、ロクなもんじゃねーだろ。しかも、人目も憚《はばか》らずにいちゃつきやがって。……おまえが目撃する前に引き離してやろうと思ったが、手遅れだったよな？」

無言で身体を硬くしている怜史をどう思ったのか、ヒロセは小声で言葉を続ける。

戸惑いのあまり視線を泳がせていた怜史は、頭の中で耳に入った言葉を数回繰り返して、ようやく意味を悟った。

昼間、ワゴン車のところで一眞と圭司に絡んでいた理由……怜史の腕を摑んで、自社ビルに引っ張り込んだのも、ソレが原因か。

もしかしてヒロセは、怜史が一眞とつき合っていると思っていた？　だから、一眞と圭司が怜史不在の際にいちゃいちゃしていると、憤ったのか？

あの、バカップルめ……と。一眞と兄の顔を思い浮かべて、ため息をつきたくなるのをグッと耐えた。

今の怜史にとって最重要なのは、あの二人よりもヒロセだ。

「……ヒロセ……」

「ああ？」

「ソレ、誤解。一眞くんと兄貴、三年前からラブラブのバカップルなんだ。傍迷惑《はためいわく》なことに、くっついたり離れたりしながらだけど……。ただ確かに、人目を憚らないのは問題だ。文句言っておく」

怜史の言葉に、ヒロセはノーリアクションだった。ただ、身体を抱き込んでいた腕から力が抜けて、唐突に解放される。

全身を包むぬくもりがなくなってしまい、眉を寄せて背後を振り向いた。

青い光の中、見上げたヒロセは……苦虫を嚙み潰したような表情を浮かべていた。怜史と目を合わせようとはしない。

「……チッ」

忌々しげな舌打ちをしたかと思えば、スラックスのポケットに両手を突っ込んで顔を背ける。

その、子供のような大人げない拗《す》ね方に、ついクスリと笑みが零れた。

「くそっ、俺はアホだ。……冷静な判断もできないくらい、おまえに持っていかれてるってことか……？」

ものすごく不本意で、気に入らないことをぼやくような口調だ。語られた内容は、まるで愛の告白のようだが。

焦れた気分になった怜史は、両手を伸ばしてヒロセのスーツの襟元を握り締めた。

「おれ、なにもかも……ワケがわかんないんだけど？　きちんと説明してよ。三年前のことから、全部」

「全部か。シャレにならんくらい長いぞ。朝までかかるかもな」

茶化す口調で、はぐらかすようにそう言って唇の端を吊り上げるヒロセを見上げたまま、引き下がるものかと距離を詰めた。

「明日は店休だから、時間はたっぷりある」

「………………」

さぁ話してもらおうか、と。端整な顔を睨み上げながら、グイグイとネクタイを引っ張った。

　唇を引き結んで険しい表情になったヒロセは、大きく肩を上下させてため息をついた。背けていた顔を戻して、渋々だと隠そうともせずに怜史と視線を絡ませる。

　戸惑い……いや、母親を探す子供のようなどこか頼りない表情だ。

「格好悪いな」

「なにをイマサラ」

　自嘲を滲ませた一言に、頭で考えるより先に唇から言葉が零れ落ちた。

　インスタントコーヒーでさえまともに淹れられないところや、子供じみた好き嫌いを、これまで散々目にしているのだから……。

「くそ」

　悔しそうなつぶやきに、つい笑みを深くしてしまう。

　怜史を見下ろしているヒロセは、あきらめを表した苦笑を浮かべて手を伸ばしてくる。動こうとしない怜史の頭に手を置いたかと思えば、グッと胸元に抱き込まれた。

「俺の部屋に……だな。三年前から、時間を止めているモノがあるんだ。責任を取って、おまえが最後まで面倒を見ろ」

「……なに？」

「百聞は一見に如かず」

「素直に、来いって言えばいいのに……」

わざわざ回りくどい言い回しをするヒロセに、クスクスと肩を揺らす。

怜史の頭を抱く腕に、グッと力が増して……小さな嘆息の後、低い声が落ちてきた。

「来いよ」

「……うん」

素直にうなずくと、パッと腕が離される。慌てて顔を上げた怜史の目に映ったのは、ヒロセの広い背中だった。

大股で歩いて行く後ろ姿に呆気に取られそうになったけれど、ほんの少し歩をゆるませたことに気づいて怜史も歩き始める。

プライドが邪魔をして振り返れないのかもしれないが、それこそ今更なのに……と微笑を滲ませながら、青の中を歩く。

今度は、腕を引かれて強引に連れて行かれるのではなく、自分の意志でヒロセを追いかけた。

《九》

生活感のあまりないマンションの一室は、どこかよそよそしい空気が漂っていた。

あの山荘と同じくらい、整然とした空間だ。余計なものが一切ない。あそこと違うのは、ファックス機能付きの電話があったり、デスクトップ型のパソコンが置かれていたり、テレビも……ＤＶＤ鑑賞専用ではなさそうだというところか。

それでも、誰かがここで生活しているというより、高級ホテルか分譲マンションのパンフレットでも眺めているみたいだった。

この場所で過ごす時間が長くないのだな……と、聞かずともわかる。

「こっちだ」

ヒロセは大股で歩きながらスーツの上着を脱ぎ落とし、リビングのソファの背に無造作に投げ捨てる。外したネクタイは薄型テレビに引っかけて、その脇にあるドアのノブに手を伸ばした。

怜史は、それらを片づけたい……という衝動をなんとか抑え、ヒロセが開いたドアに足を向ける。

奥にあるのは、寝室らしかった。

顔を覗かせると、一番に淡いブルーのカバーがかけられたキングサイズのベッドが目に飛び込んでくる。

窓には紺のカーテン、ベッドサイドに置かれたナチュラルオークのキャスター付きテーブルが一つ。壁に造りつけられているクローゼットらしき扉は目につくが、その他に家具の類《たぐい》は一切ない。

完全に、寝るためだけの部屋だ。

そんなシンプルな空間だから、足元にある『青』はラグマットが広げられているのかと思った。

そうではないことに気づいたのは、シミのように……ポツンと『青』の欠けている部分に目が留まったせいだ。

「これ……」

青の中を飛ぶ……いや、泳いでいるペンギン。よく見れば、ジグソーパズルであることを示す継ぎ目がある。

ベッド脇の床、大きな『未完成』のパズルを見下ろした怜史は、一言零したきり言葉を失った。

あの山荘での日々と一緒に、このパズルの存在も忘れようとした。どうにかして、忘れようとしながら……記憶から消すことのできなかったものだ。

「完成間際で、ピースが一つなくなったんだ。メーカーから、取り寄せることもできるらしいが……」

怜史はヒロセの声を聞きながら、ジーンズのポケットを探る。目はパズルを見下ろしたまま、財布を取り出した。

本来カード類を入れるべき場所は、必要以上のカードを持たないせいで半分も埋まっていない。

その一角、一番深いポケットに指を突っ込み、指先に触れた硬いものを摘《つま》み出した。

あの日々が、夢や妄想ではないという確かな証拠は……これだけだ。

忘れようとした。でも、忘れられなかった。

どうしても、捨てることができなかった。

「……怜史」

怜史が手のひらに乗せた一欠片《かけら》の『青』を見て、ヒロセがポツリと名前を呼んでくる。

怜史はなにも答えられなくて、無言で自分の脇に立つヒロセを見上げた。

視線を絡ませたヒロセは、初めて目《ま》の当たりにする不可解なものの正体を見極めようとするかのように、怜史を見ていた。

目を……逸らせない。

「最後の一ピース……。朝まで放っておかれた腹いせに、帰ってきたら目の前で完成させて悔しがらせてやろう、って思って……た。夜中になっても帰って来ない、連絡の取りようもない、山の中にポツンと建ってる山荘で、おれが一人……どんな思いで雨音を聞いてた、と……ッ」

言葉が喉の奥に引っかかって、途切れてしまう。一度そうして中断してしまうと、どう続ければいいのかわからなくなってしまった。

右手のひらに乗せてあるピースを握り、足元に視線を落とす。『青』にポツンと空いているのは、今、怜史が握っているのと同じ形だった。

握り締めた手が、小刻みに震える。

深呼吸で波立った感情を鎮めようにも、吐息までか細く震えてしまい……立っているのがやっとだ。

「サト」

「っ、サトなんて知らね……っ。おれをその名前で呼ぶのは、ガキの頃の親と……犯罪者かもしれない、ヒロセだけだ。エリートですって顔した、でかい企業の部長だか跡取りの坊ちゃんだかの本郷弘瀬なんて人間、おれ、知らねーもん」

伸ばされた手を振り払い、触るなと身を硬くする。

口から出るのは脈絡のない言葉で、駄々をこねる子供のようだと自分でも思いながら止められない。

もう、めちゃくちゃだ。頭の中も混乱しきっていて、自分がなにをしゃべっているのかわからなくなる。

両手で頭を抱えると、ヒロセが無言でしゃがみ込むのが視界の隅に映った。

「最後の一つ、俺が嵌めるぞ」

「……ッ！」

親指と人差し指で挟んだ青のピースを、見せつけるようにして怜史に示す。息を呑んだ怜史は、反射的に膝を折ってヒロセの手を摑んだ。

「ズルいだろ！　おいしいとこ取り……」

苦情をぶつけると、ククッと肩を揺らす。チラリと横目で怜史を見遣ったヒロセと目が合い、悔しさに唇を嚙んだ。

まんまと策略に乗せられてしまった。

「目の前で完成させて、俺を悔しがらせるんだろ」

差し出された青いピースを、手のひらで受け取る。指先で挟み、パズルに空いた隙間の上へそっと乗せた。

スッと息を吸い込み、指先に力を入れる。

パチン……と、かすかな手ごたえと同時に、シミのようだった隙間が『青』で埋まった。

「……あの日は、定期報告を約束した日だった。連絡ツールを断っての長期休暇という無茶を通すことの条件だったから、仕方なく……な」

「っ」

隣から聞こえてきた低い声に、怜史は青の中にいるペンギンを凝視したまま身を硬くして耳に神経を集中させた。

「みっともない話だが、新しいアミューズメント施設の企画に行き詰まってどうにもならなくなったのと同時に、時間や仕事に振り回される毎日に疲弊しきっていたんだ。で、秘書にお膳立てしてもらって、しばらく引き籠ることにした。外野の情報が一切入らない状況を作り、自ら浦島太郎になろうとしたんだ」

それが、あの山荘ということか。

積み上げられた食料や暇潰しを目的としているとしか思えないモノたち、電話やパソコンを始めとしてテレビさえ映らないことの理由が、今ようやくわかった。

相槌《あいづち》を打つこともなく耳に意識を傾ける怜史に、ヒロセはマイペースで言葉を続ける。

「面倒を拾ったと、そう思ったぞ。独りの時間を楽しむはずだったのに……ってな。それが、意外なことに時間が経つにつれて馴染むんだ。栄養摂取でしかなかった飯が、美味いなんて思ったり……肩書きやバックボーンなど関係なく、ただの『ヒロセ』としか見られないことがあれほど心地いいなんて、知らなかった」

「……肩書きやバックボーンなんて、知りたくても知りようがなかったし。まぁ、もしあそこで正体を明かされていても、信じなかったかもしれないけど。あれじゃ、逃亡中の指名手配犯だか脱獄犯って言われたほうが説得力ある」

ポツリポツリ……可愛げのない言い方で言葉を返す怜史の頭を、ヒロセの手がグシャグシャと無造作に撫でる。

「それも、な。犯罪者でも構わない、なんて言いながら無防備に甘えてきて……可愛くないわけがないだろ。手ぇ出すのも、好きだっていう男から強引に意識を引《ひ》き剝《は》がして俺のものにするのも簡単だったが、いつか手放さないといけないって時に……放せなくなりそうで、予防線を張った」

傲慢な言葉の数々だ。

自分のものにするのは簡単だった……なんて、自信過剰のいけ好かないセリフで、反発心がムクムクと湧く。

それでも、この男が口にすれば実際に可能だろう……と。

あの時の自分は、きっとその通りになっていただろうと容易に想像がつくあたりが、一番腹立たしい。

「大人って、ズルいよな。そうやって計算して保身を図った上に、尤《もっと》もらしい言い訳で丸め込もうとして……」

それが、ヒロセの誠実だったのだと。

今の怜史にはわかる。わかっていながら大人しく認めるのは悔しくて、ボソボソと不満を零した。

「ああ。自分でもそう思う。おまえを追い出した男は、秘書だ。恐ろしいくらい勘がいいヤツだから、ちょっと話しただけで山荘に俺一人じゃないってことに気づきやがった。精神的にまいってた俺が、おまえに入れ込んで、なにもかも投げ出すとでも思ったのかねぇ。勝手におまえを危険因子だと認識して、俺の先回りをしやがった。シレッとした顔で、自分が来たときには無人だったとか言いやがったぞ」

「……メチャクチャ、横暴だったんだからなっ。しかも、すげぇ怖い顔で、金目当てみたいな言い方されて……っ」

思い出しただけで、悔しさと切なさとうまく形容できない怖さと……いろんなものが胸の奥に渦巻く。

屈辱だった。なにより、ヒロセとの日々を金銭で清算されそうになったことが、怜史をザックリと傷つけた。

「そうか。それは…………悪かった。おまえがいなくなった後、連絡を取ることが不可能だったわけじゃない。バイクのナンバーはわかっていたし、財布に免許証があるのは確かめていた。調査機関を使って調べるのは簡単だ。安曇怜史、十七歳。バイクと免許は……兄貴のものだな」

苦いものを滲ませたヒロセの声は、無免許運転を咎《とが》めるものだ。

気まずさに目を合わせられず、ペンギンを見つめたまま「もう時効だ」とつぶやいた。

隣のヒロセからは、ふ……と笑った気配がする。

「あそこでの時間はどう言えばいいか……非現実的で、夢の中だったみたいで。現実に戻ったおまえに、『アンタ誰？』みたいな目で見られるのも怖かったしな。とか言いながら、たまたま秘書が買ってきた弁当に入っていた見覚えのあるオムライスの握り飯と味に誘われて、のこのこ確かめに行ったんだが」

「大人の癖に」

「卑怯《ひきょう》で、怖がりで……馬鹿みたい、か？　大人だから、だよ」

自嘲をたっぷりと含んだ声に、ようやくのろのろ顔を上げてヒロセを見た。横顔をジッと見詰めていると、仕方なさそうに息をついてこちらに顔を向ける。

「俺のものになれ、って……本気？」

「あー……あれは、クソ。本気だよっ。おまえが『一眞くん』とうまくいっているなら、それでもよかったんだ。静かに見守るとかって、格好いい真似はできなかったけどな。でも、傷つけられるなら……今度こそ俺のものにしちまおうと思った。多少強引にでも、俺に惚《ほ》れさせてやるってな」

失敗だったと小声で続けられて、カッと頭に血が上った。

体当たりする勢いでヒロセの肩を掴む。不意打ちだったのか、怜史を受け止めきれなかったらしいヒロセと、床に転がった。

「なんだよ、それっ。勝手ばかり……っ。言うに事欠いて、失敗？」

「おまえはっ、俺の特別なんだ！　これまでの手管を踏襲するなんて、できるわけがないだろ。どうしていいのかわからなくて、空回って……裏目に出てばかりで。ガキの初恋と同じだよ。みっともない」

自棄になったように言い捨てると、怜史から顔を背ける。

隙のない端整な容貌で、近寄り難いくらい迫力のある大人の男。あの時も今も、怜史とは住む世界が違う。

なのに……込み上げてくるのは、言葉では言い表せない愛しさばかりだった。

姿を現して、アプローチしてきたことを失敗だなんて言わせない、と睨みつける。

「おれ、おれ……さ。本当に好きになった相手のために大事に取っておけ……なんて軽口を真に受けて、この年になってもバカ正直に経験ゼロなんだ。なんだっけ、三十までドーテーだったら、妖精になる？　いっそ、妖精を目指そうかと思ってた」

唐突にそんなことを口にした怜史に、ヒロセは怪訝そうな表情を浮かべた。しばらく視線を泳がせていたが、意味を解したのか、ふっと頬を緩ませる。

「……それはそれで、カワイイかもしれないが。残念ながら、メルヘンな変身はあきらめろ。据え膳をありがたく食ってやる」

言葉の終わりと同時に、頭を引き寄せられて唇が塞がれる。

逃げようとか抗おうと考える猶予もなければ、身構える間もない。

これだから大人というやつは……と頭に過《よぎ》ったけれど、怜史の背中を抱き寄せるヒロセの手の力は強く、わずかながら必死さのようなものが伝わってきて、身体の力を抜いた。

怜史は恥ずかしい告白をしたのだから、ヒロセも格好つけたり大人ぶったりせずに全部ぶつけてくればいい。

そんな思いを込めて、口づけに応えた。

「なんか……、不思議な感じ、かも」

「ああ？　なにが？」

怜史のつぶやきが耳に入ったらしく、胸元から顔を上げたヒロセは、眉間にクッキリと皺を刻んでいる。

自分から気を逸らしていることが、気に食わないのかもしれない。

「視界が、全部『青』だから。目を閉じても、さっきの水族館と、今……そのペンギンも、境界があやふや……で」

吐息の合間に口にしたことで支離滅裂な言葉だったと思うが、ヒロセは眉間の皺を解いて表情を緩ませた。

「水の中にいるみたい、か？　これで雨が降っていれば完璧だったな」

「ん……、いい、よ。そこまで揃いすぎたら、できすぎ……だし」

そんなふうに整いきらないところが、かえって自分たちらしいかもしれない。

もう無駄口を叩くなと言わんばかりに喉元に吸いつかれて、淡いブルーのベッドカバーを握り締める。

あの日々を忘れようと無理やり記憶の奥底に追いやっていたけれど、キスは何度も交わした。でも、素肌のぬくもりや首から下に受ける口づけは初めてだ。

ヒロセが唇を押し当てる位置を移動させるたびに、意思とは関係なくビクビクと身体が震えてしまい、心もとない気分になる。

どうしよう。どうしたらいい？　なんとかしなければと思うのに、どう振る舞ったらヒロセを楽しませることができるのか知らない。

焦りばかりが湧いてきて、具体的になにをすればいいのかわからない。

未経験だと自己申告したけれど、想像もしたことがないと言えば嘘になる。

眠れない夜、唯一知っている口づけの感触を自分の指でトレースしながら、何度も『その先』を思い浮かべた。

けれど、当然ながら想像と現実の隔たりは大きい。

「あの、さ……ヒロセ。おれ、なにか」

「おまえに超絶テクニックは求めてない。いいから、おとなしく転がって……触らせろ。教える楽しみを奪う気か」

「……オヤジ」

「はいはい、なんとでも言え。ったく、減らず口がカワイイなぁ」

怜史が照れ隠しを図ろうとして、どうでもいいことを口にし続けているのだと……きっと、見抜かれている。

どんなふうに言っても、やはりヒロセは大人で。怜史が精いっぱい足掻《あが》いているのも『カワイイ』の一言で流されてしまう。

どんなに虚勢を張っても無駄だ。

素直に感じるまま身を任せて、ヒロセに甘えてしまったほうが自分自身も楽に違いないと頭ではわかっているのに、あの頃も今も……ヒロセが相手だとコントロール不能になってしまう。

誰にでもいい顔をする『イイ子』ではなく、我儘《わがまま》で意地っ張りで、可愛げのない屁理屈《へりくつ》を捏《こ》ねる……他の人に見せたことのない部分を、ヒロセにだけは曝《さら》け出してしまう。

家族より、生まれた時からの幼馴染みである一眞よりも、きっとヒロセのほうが遥かに多くの怜史を知っている。

「か、カワイクない……とダメ、かな」

もともと、怜史は可愛いと形容される容姿ではない。今よりずっと線の細かった三年前と比べても更に成長しているし、どこをどう見ても『男』で……。

今更だと自分でも思いつつ、ヒロセはこんな身体にその気になるのか？　という不安が込み上げてきた。

視線を合わせたヒロセは、ギュッと眉を顰める。

「あのなぁ、いきなり全開で可愛くなるなよ。うっかり理性が飛びかけただろ」

苦い口調でそんなふうに言いながら、下半身を押しつけられる。遮《さえぎ》るものはなにもなく、素肌が触れ合い……理性が飛びかけた証拠が伝わってきた。

カッと首から上が熱くなる。

「な？　論より証拠、ってな。もういいだろ」

「ぁ……、ッ」

ふっと息をついたヒロセは、怜史の膝を摑んで左右に割り開いた。油断していたせいで、易々《やすやす》と無防備な姿をさらしてしまう。

反射的に膝を閉じようとしたけれど、脚のあいだにヒロセの身体を割り込まされて隠す術を失ってしまった。

「性格はカワイイし、しなやかな身体はキレーだよ。……慣れない言葉を言わせるな」

怜史と目を合わせようとせずに少し早口でそれだけ言うと、止めていた手の動きを再開させる。

「ん、ん……っ」

そうすることで、怜史が聞き返すのを阻んでいるに違いない。

……照れを滲ませた口調だった。触れてくる手も熱くて、自分だけでなくヒロセも、ある意味慣れていないのだと安堵する。

「あそこでも、散々煽りやがって。……俺の自制心を、褒めてもらいたいね。もう遠慮しないからな」

「しなくて、い……いっ」

遠慮しないという言葉どおりに、ヒロセは怜史の身体に手を這《は》わせる。ビクッと肩を強張らせても、戸惑いに視線を揺らしても、引こうとしない。

傍若無人の一歩手前、という触れられ方を嬉しいと感じる自分が少し不思議だった。

「俺には、全部見せろ。意地を張って隠すなよ」

「……れな、い」

言われなくても、意地を張り続けられない。

そう返したつもりだったけれど、押し開いた膝を抱えて身体を重ねられると、もうなにも言えなくなってしまった。

「ぁ！　あっ……っっ、ぅ」

圧倒的な熱の塊が、身体の内側いっぱいに満ちる。

身体も、頭の中も……なにもかも。すべてがヒロセに支配されている。

なにより、怜史自身がそれを望んでいるのだ。

「きつい、だろ」

「ぜ……ん、然っ、へーキ……ッだ」

「ッ、意地っ張りめ」

震える瞼をなんとか押し開くと、食い入るような眼差しで自分だけを見据えるヒロセが視界に映る。

瞳《ひとみ》を艶っぽく潤ませて熱っぽい息をつき、怜史だけを見ている。ヒロセのことも、自分が支配しているような気分になった。

……鼓動まで共鳴しているみたいで、どろどろに融《と》けて同化しているような恍惚《こうこつ》とした心地になる。

「ヒロ……ヒロセ、おれ……っ、ヒロセが犯罪者でも、好き……だよ」

「……ああ。誰かを、こんなふうに愛しいと思うのは、おまえだけだ。も……手放してやれねぇな」

それはどこか苦いものを含んだ声で、手放されてやる気など皆無な怜史は抗議を込めてヒロセの背中に爪を立てた。

「ッ……」

息を詰めたヒロセに、意趣返しのように大きく身体を揺すられて、意味のある言葉を発することができなくなる。

苦しい。

形容しがたい熱の渦に巻き込まれ、これまで知らなかった息の詰まるような苦しさと、自分がなくなってしまうかのような怖さに襲われる。

勝手に涙が滲み、視界が白く霞《かす》む。

怖くてたまらないのに……離されたくない。

怜史自身も知らなかった執着を、言葉で伝えることはかなわなかった。けれど、そんなもどかしさをヒロセは察してくれていたのかもしれない。

「ぁ、あ……っ、んんっ、ヒロセ……ヒロ、セ。ッ……ん！」

強くしがみつき、混乱のままガリガリと肩口や背中を引《ひ》っ掻《か》いても、ヒロセは怜史から離れようとしなかった。

なにもかもを受け止められる。

この人にだけは、全身で寄りかかることができる。

「怜史……っ」

息が止まりそうなほどの力で腕の中に抱きすくめられて、同じくらい強く背中を抱き返した。

自分も、ヒロセの全部を受け止めるから……という思いを込めて。

□　□　□

リクエストは、ニンジン抜きのお握りオムライスとタコ形ウインナー。ついでに、シンプルなケチャップ味のナポリタン……か。

まったく使われていないことが尋ねなくてもわかるキッチンに立った怜史は、大半がそのままでは『食えん』と言い捨てられた食材たちを前にして腕を組んだ。

ニンジンは、甘く煮たグラッセかデザート用のゼリーに加工しよう。グリーンピースはミルクとチーズでポタージュにして、生はNGのプチトマトは……ナポリタンの具にしてしまえ。

修業していた神戸のレストランでも実家の洋食屋でも、予約段階で申告してもらえたら客のアレルギーや好みに合わせて使う食材を考慮していた。

子供の誕生日会に合わせたコースだと、嫌いなものの一つや二つは必ずあったのだが……ここまでひどい客に当たったことはない。

ヒロセは、小学生以下ということか。

ただ、久々に、とんでもなく制限のある食事作りをすることになったと思えば、面倒だと感じるよりも逆に気合いが入った。

腕まくりをした怜史の背後から、インスタントコーヒーの瓶を握ったヒロセが手元を覗き込んできた。

「おい、そいつら……全部使う気か？」

あからさまに嫌そうな口調だ。大人げない。

怜史は、吹き出しそうになるのをなんとか耐えて言い返した。

「心配しなくても、ちゃんと食わせてやるって。ヒロセの好き嫌いは、たいてい食わず嫌いだよ」

「…………」

ヒロセは無言だった。背後を振り仰ぐと、眉を顰めてなんとも形容しがたい珍妙な顔をしていた。

せっかく端整な容貌の男前なのに、そんな不細工な表情をするなどもったいない。

「ランチボックスに、食えない食材が一つか二つはあっただろ？」

「……アイツに食わせてた」

アイツ。あの……気難しそうな秘書氏に違いない。

毎日、ランチタイムに大人げないことをしていたらしいヒロセに、小さく息をつく。

甘やかすのはやめた。

ニンジンはシロップ煮ではなく、オムライスの具だ。

「怜史。なんか……不穏なことを考えてないか？」

「べっつにぃ。あ、ヒロセ。あの水族館……今度は、ペンギンが泳いでる時間に行きたい。カプセルって、興味深いんだけど……まだ乗せてもらえないのかな？」

包丁を手にしたまま、再びヒロセを振り返る。

どう見てもサービス過剰だろう量のインスタントコーヒーをマグカップに注いでいたヒロセは、顔を上げて「ああ」とうなずいた。

「一般公開前に、招待しよう。カプセルも試験運転はとっくに済ませてあるから、昼間ならいつでも動かせる。……おまえは、発案者の一人でもあるからな。アイツにも文句は言わせない」

あのアクアリウムは俺のものだからな、と。そう言わんばかりの、偉そうな口調だ。

確かに間違いではないと思う。けれど、誇らしげな顔のヒロセは、お湯を注いだコーヒーが真っ黒で……どう見てもそのまま飲めるものではないほど濃いことに、気づいていないに違いない。

微笑を滲ませて「ヨロシク」と答えた怜史は、包丁をまな板の脇に置いて冷蔵庫に向かった。

……買い出してきたものの中に、牛乳はあったかな？　と首を捻りながら。

夢から覚めても

「チッ。決まったことを、ネチネチとしつっこいんだよ。妖怪どもめ。重箱の隅をつつくことしか楽しみがねぇのか」

会議のあいだ溜まりに溜まっていた鬱憤《うっぷん》を、ようやく吐き出すことができた。特大のため息と共に、デスクの上へ分厚いファイルを置く……いや、投げ出す。その勢いで、ファイリングのための金具に収まらずに挟み込んでいただけの紙の束が、バサバサと飛び出した。

書類には印字の脇に、赤や青のボールペンで気になったことを記してあるのだが……我ながら象形文字のようだと眉《まゆ》を顰《ひそ》める。

「弘瀬《ひろせ》さん、清書しなければならないものがありましたら、こちらへ」

「あー……じゃあ、コレとコッチも」

デスク上に散らばっていた書類を摑み、声をかけてきた秘書に差し出した。

自分でも解読に苦労する悪筆なのだが、この男は難なく読み解いてわかりやすい資料として纏《まと》めるのだ。三十三歳の本郷より三つ年下にもかかわらず、参謀としての手腕は見事としか言いようがない。

もともと彼は、本郷の縁戚に当たる人間だ。本来なら経営陣の一角に名を連ねることのできる立場なのだが、彼自身が『自分は参謀のほうが向いているし、そちらのほうがやりがいを感じる』と言って、サポート役を志願した。

そのために必要と思われる技術や理論を、留学してまで学んだだけある。学生時代から際立って優秀だった彼が、自分を選んだ理由は……不明だが。

本郷《ほんごう》は、自分がカリスマ的な経営手腕やリーダーシップを持っているなどという、思い上がり思考は持ち合わせていない。

いずれこの企業を継ぐ身ではあるが、今の時点ではこうして秘書を侍《はべ》らせていること自体が分不相応なのだ。

伯父《おじ》たちも、若輩の本郷をあからさまに侮ってかかっている。暫定後継ぎである本郷が失脚すれば、自分の息子や娘婿にも『本郷グループ』トップの座に就くチャンスが回ってくるだろうと、虎視眈々と粗探しをしているのだ。

おかげで、気にしなければならないのはライバル企業の動向だけではない。身内にも敵がいるのと同じだ。

人間不信とまで言えば大袈裟《おおげさ》かもしれないが、気の休まる間がないのも事実だった。

「十四時からは、香港のプレス取材が一件入っています。それまでにランチを済ませておいてください」

「……二十分で飯を食えって？」

「ランチボックスを用意してあります。こちらをどうぞ。……会議室への移動時間を考慮すると、あと十四分ほどでお願いします。弘瀬さんが食事をなさっているあいだに、私は資料の取り纏めをしておきますので」

「へーへー、了解」

本郷は大きく嘆息して、手渡された半透明のビニール袋を受け取った。

四角い弁当箱は、高さからしてどうやら二段になっているようだ。見覚えのないパッケージは、コンビニエンスストアや社屋に出入りしている業者のものではない。

ここしばらく、デスクでの慌ただしいランチが続いている。きっと、社員食堂のテイクアウトや馴染みの業者の弁当、コンビニエンスストアのものに対して本郷が『飽きた』とぼやいたせいで、これまでにないものを調達してきたのだろう。

相変わらず、そつのないことだ。

さて問題は、この中にはどれくらい自分が食べられるものがあるか……だが。

この男も、本郷が極端な偏食気質であることは知っているので、それなりのものを選択しているとは思うけれど。

「……もともと不味《まず》い食材を、一手間加えて更に不味くしてるのが多いんだよなぁ。酸化した油で揚げた紫蘇《しそ》や獅子唐《ししとう》の天ぷらなんざ、食えたもんじゃねぇ」

ぶつぶつと、小声でぼやいた。

避けたい食材は、他にも数え切れないほどある。それも、アレルギー等で食べられないのではなく子供じみた好き嫌いが原因で……これが我儘《わがまま》な発言だということは、百も承知だ。

ビニール袋に手を突っ込んで弁当箱を取り出した本郷は、あまり気乗りしないまま透明の蓋《ふた》を開ける。

改めてマジマジと中を覗《のぞ》き、目を瞠《みは》った。

「ふ……ん」

上段には、ラップに包まれたお握りが三つと漬物らしきもの。そのお握りが載せられているプラスチックの仕切り部分を取ると、下段には色とりどりのおかずが整然と収まっていた。

ウインナーソーセージと、ニンジンと、空豆。

ウズラのゆで卵と、ローストチキンと、アスパラガス。

かぼちゃと、ホタテの貝柱と、ブロッコリー。

色の違うものを、三種類一組でピックに刺してある。その脇には、団子のような丸いものが三つ。

一つは、海老のつみれだろう。あとの二つは……見た目からは食材の予想がつかない。

すべて、箸《はし》を使うことなく食べられるようピックを刺してある。大きな巨峰も、剝《む》きやすいよう皮に切れ目が入っていた。

小ぢんまりとした弁当箱に見えたのだが、女性受けのよさそうなバラエティに富んだ内容だ。栄養的なバランスも、きっと悪くない。

危惧していたような、『食えないモノ』はさほど多くなさそうだった。苦手な食材でも、調理方法によっては口にできるのだ。

本郷は、薄焼き卵に包まれているお握りを一つ手に取った。苦手なピーマンやニンジンは細かく刻まれているので、丸々としたグリーンピースさえ取り除けば食べられそうだ。

無言でラップを剝《は》がして齧《かじ》りつき……動きを止めた。

ケチャップで味付けされたシンプルなチキンライスの中心部に、小さなブロック状のチーズが埋められていた。

そのおかげで、ピーマンやニンジンはほとんど味の主張をしていない。

「……オープンまで、あと半月ほどです。国内のみでなく海外でも注目されている施設ですから、しばらくは責任者として多忙を極めると覚悟なさってください。話題となるのはありがたいことですし、この施設を成功させたら頭の固い伯父御たちも…………弘瀬さん？」

きっと本郷は、珍妙な顔で齧りかけのお握りを凝視している。そのことに気づいたのか、秘書が訝《いぶか》しげな声で名前を呼んだ。

「……あ？　なんだって？」

のろのろと顔を上げた本郷は、秘書と目を合わせて聞き返す。なにか言っていたようだが、内容は耳を素通りしていた。

「ですから、この水族館を成功させたら伯父御たちも弘瀬さんの力を認めざるを得ないでしょうと。これからの時代は、伝統の踏襲や老舗《しにせ》ブランドの名だけにしがみついて頼っていては生き残れません。本郷の名を使って奇抜なことをするなとか、失敗したら大恥だとか、頭にカビが生えているような古臭い考えの妖怪どもに目のものを言わせてやりましょう」

相変わらず……淡々とした口調と表情で、なかなかの毒を吐く。実に愉快だ。

クッと肩を揺らした本郷は、苦笑を浮かべて秘書に言葉を返した。

「……おまえ、シレッとしたお行儀のいい顔をしているくせに、口が悪いよな。全文にまるっと同意するが」

「口の悪さに関しては、弘瀬さんにとやかく言われたくありません。……ランチに使える時間が残り五分を切りましたが、よろしいんですか？」

チラリと自分の腕時計に視線を落とし、ほとんど手つかずの弁当を指差してくる。

本郷は「げっ」とつぶやいて、カニ型ソーセージが刺されているピックを摘《つま》み上げた。

「よくねーよっ。香港プレスの前で、盛大に腹の虫を鳴かせるぞ」

「では、急いでどうぞ。せめて二時間、レコーダーが回っているあいだだけでも腹の虫を黙らせておいてください」

勢い任せにピックを銜《くわ》え、しまった……ニンジンが同居していたのだ、と眉を寄せる。吐き出すわけにはいかず仕方なく咀嚼《そしゃく》したけれど、懸念していた土臭さというか……青臭さやニンジン独特の食感がないことに、眉間の皺《しわ》を解いた。

ほどよくやわらかいし、少し甘めに煮てある。自分がそう思うのだから、ニンジン嫌いの子供でも食べられそうだ。

近場で調達したはずなので、主な対象はこのあたりで働く自分たちのようなオフィスワーカーのはずだけれど、意外なほど……適切な表現ではないかもしれないが、子供じみている。それに、どことなく懐かしい……と感じるのは、このお握りタイプのチーズ入りオムライスが記憶に残る『彼』が作ったものに酷似しているせいかもしれない。

見た目も、味も。

……猛スピードで過ぎ行く毎日の忙しさにかまけて忘れかけていた、スローテンポな夏を思い起こさせる。

「弘瀬さん、時間切れです」

控え目でありながら毅然とした響きの声に、ぼんやりと回顧している余裕はなかったのだと我に返った。

「っっ！　くそっ。それ、置いててくれ。戻って続きを食う。あ、グリーンピースはおまえにやるよ」

「……やるよ、じゃないでしょう。偉そうに……」

ため息をついての苦情は聞こえなかったふりをして、応接室へ向かうべく大股で歩きながらネクタイを締め直した。

確かめたい。

確かめなければならない……と、心の奥がザワついている。

味覚は、ほぼ間違いないと告げている。けれど、『彼』を直接この目にしなければ確信は持てない。

気は急いているが、すべては今の自分の責を果たしてからだ。

□　□　□

「それで？」

言葉を切った本郷に、右隣にいる怜史《さとし》が続きを促してくる。

「で、この弁当はどこで買ったんだ……ってあいつに問い質《ただ》して、翌日の昼に自分で買い出しに行った。その後の展開は、おまえも身を以《もっ》て知ってるだろ」

久しぶりだな、と。

記憶に残っているものより大人びた面差しになったけれど、一目で『サト』だとわかった青年に、笑って話しかけることができなかったわけではない。

ただ、怜史の隣にいた青年の存在が本郷を躊躇《ためら》わせた。

あの頃、同性の幼馴染みが好きで……と思い詰めた顔で想いを吐露した少年が、その想いを叶えたのなら。

今、自分が過去を持ち出して平穏を乱してはいけないだろうと、大人ぶって一歩引いた。

そう怜史に語ったのは……建前で、本当は怖かったのだ。

この三年は長かった。十代だった怜史には、きっともっと長く……ほんの十日ほどを共に過ごした自分のことなど、とっくになかったことにされている可能性もあった。

特に、別れ際が『あれ』だ。

秘書から経緯を聞いた本郷は、すぐさま怜史を追いかけたくなる衝動に駆られて……ギリギリで耐えた。

これでよかったのだと、傷ついているに違いない怜史へのフォローを、あえてしなかったのだ。

あの頃の『サト』は、あからさまに弱っていた。同性への恋心は一般的ではないだろうと怯えながら、セックスに対する少年らしい好奇心もあったはずだ。

そんな彼と、なし崩し的に身体《からだ》の関係を持って、自分のものにしてしまうことは簡単だった。おまえが誘ったんだと、すべての責任を怜史に押しつけて自分好みのベッドテクニックを教え込み、普段とは毛色の違う『遊び相手』と休暇中の退屈を紛らわせることもできた。

そうしなかった……できなかったのは、軽く扱えないほど、自分が『サト』を特別なポジションに据えてしまったせいだ。

バックボーンなど、何一つ知らせなかった。

それどころか、得体の知れない犯罪者かもしれないと匂わせて……怜史自身も、笑って否定しつつ半信半疑だったはずだ。

なのに、それでもいいと無防備に身体をもたせ掛けてきた。ただの『ヒロセ』に対して無遠慮に話しかけてきて、子供みたいな好き嫌いだと呆れたように笑い……食わせてやるから な、と楽しげに工夫しながら食材を調理した。

ただの栄養摂取、生きるために仕方なく……そんな味気のないものでしかなかった食事が、怜史の手にかかった途端に『美味しい』と感じたのだ。苦手だと思い込んでいた癖の強い野菜類でさえ、調理方法によって食べられるものに変わるのだと、初めて知った。

忙殺されてすり減り、枯渇寸前だった喜怒哀楽が、怜史といるあいだに充填され……モノクロだった世界が色を取り戻す。

行き詰まっていた新たなアミューズメント施設の構想を『水族館』に定めることができたのも、彼の存在があってこそだ。

十代の少年らしい悩みを抱えていた怜史が自宅へ戻り、高校卒業後……神戸の老舗レストランへと修業へ出たところまでは、追って調べた。一度だけ、出張ついでにそのレストランで食事をして、厨房で忙しく働く怜史をチラリと目にし……それで終わりにした。

……つもりだった。

結局は、怜史のためだと言い訳を並べることで自己保身を図り、逃げたのだと……苦いものを嚙み締めて、過去に埋没させようとしたのだ。

それなのに、ちっぽけなお握り一つで簡単にあの夏の記憶を呼び戻した自分に、本郷自身が一番驚いた。

決定的だったのは、『一眞《かずま》くん』が怜史不在なのをいいことに別の青年とベタベタしている現場を目撃してしまった瞬間だ。カッと瞬間的に頭へ血が上って理性が吹き飛び、なにかを考える間もなく二人のあいだに腕を割り込ませていた。

傷つけられるくらいなら、今度こそ自分のものにしてやる。無理やりにでも、『一眞くん』から心も身体も奪ってやる。

そんな激しい衝動が眠っていたことなど、できれば知らずにいたかった。……いい年して、感情のままに行動するなど、みっともないの一言だ。

「身を以て知ってる……って、ようは説明が面倒になったんだ？　横着するなよ」

恨みがましい目でこちらを見遣った怜史が、そう苦情をぶつけてくる。都合よく解釈してくれているのをいいことに、本郷は鹿爪らしい顔でうなずきを返した。

「……まぁ、いつかその気になったら詳しく語ってやる」

「なーんか、スッキリしないよなぁ。おれが、ぐるぐる一人で悩んでる時に……ヒロセは、そ知らぬ顔で昼飯を買いに来てたんだもんな」

怜史のぼやきは、聞こえなかったふりをして黙殺した。

本音を含む詳しい説明から逃げた、という自覚はある。怜史相手に格好をつけても今更だとわかっているけれど、そこは年長者としてのなけなしの矜持だ。

チラリと再びこちらを見上げた怜史は、視線に不満を滲《にじ》ませたままつぶやいた。

「特製の、ニンジンとピーマン尽くし弁当を用意しておいてやればよかった」

「……拗《す》ねるなよ」

勘弁してくれ、と苦笑して頭を抱き寄せる。怜史はわずかな抵抗を示したが、諦《あきら》めたように肩の力を抜いて頭をもたせ掛けてきた。

背が伸びたせいで、こうして並んでいても頭の位置があの頃より近い。

三年前も綺麗な少年だと感じていたが、より端整な容姿の青年へと成長したように思う。

食物を扱うことを生業《なりわい》にしていることで、脱色や染色といった手を加えることのない清潔感のある髪……スラリと長い指先には、短く切り揃えられた爪。所々に火傷《やけど》らしき傷跡があるのは、仕方ないのかもしれないが痛ましい。

三年という決して短くない時間を経て、再びこうして怜史と寄り添っているなど……改めて実感したら、なんとも不思議な心地になった。

「もう乾いたかな」

ポツリとつぶやいた怜史が、床のラグに座り込んだ自分たちの目の前に広がっている『青』

に指先を伸ばす。

フローリングに置かれているのは、完成までに三年を要した大きなジグソーパズルだ。長く欠けていた最後の一ピースがあるべき場所に収まったパズルは、定着のための水糊が塗られたことで艶々と光を反射していた。

「ん……大丈夫みたいだ」

端のほうを指先でつっいた怜史が、「完成だ」と本郷を見上げて小さく笑った。その屈託ない笑みが可愛くて、ついふらふらと引き寄せられる。

「ッ」

ビクッと身体を震わせた怜史は、わずかに身体を引きかけて視線を泳がせる。

そうして反射的に身構えてしまったことを隠そうとしてか、ハッとした様子で逃がしていた視線を戻すと、挑むような表情になって自分から本郷の首に腕を巻きつかせてきた。

「ン……」

強がりは透けて見えていたけれど、気づかないふりでつけ込ませてもらうことにする。

大人はズルいな……と自嘲しつつ遠慮なく唇を重ね、すぐさま深い口づけへ誘導した。

「っ、ん……ぅ」

舌を絡みつかせると、小刻みな震えが伝わってくる。

『本当に好きになった相手のために大事に取っておけ……なんて軽口を真に受けて、バカ正直に経験ゼロなんだ』

悔しそうに言い放った怜史の言葉が頭に浮かんだ。そんな自己申告を疑うまでもなく、触れれば他人との接触に慣れていないことはわかる。

この綺麗な青年に触れたのは自分だけなのだと思えば、なんとも形容し難い高揚感が込み上げてきた。

自分が、未踏の雪原に第一歩を刻むことを喜ぶような……もっと露骨に言えば、処女をありがたがるバカげた思考を持ち合わせていることを初めて知って、苦い気分になった。

怜史には、三十年余りのつき合いとなる自分自身でさえ知らなかった隠れた本質を、いくつも引っ張り出されて突きつけられる。

幸いなのは、当の怜史が本郷を再起不能レベルに凹ませることも可能な、自分の威力を自覚していないことだ。

「っあ」

唇を解放して髪を搔き乱すと、戸惑いを滲ませた目で本郷を見上げてきた。熱っぽく潤んだ目は、まるで手練れの娼婦のような色香を含んでいる。

三年前も、今も……手管など知らないくせに、そうして無意識に煽《あお》るからタチが悪い。

「なんで？」

どうして手を離すのだと、そんな不安をかすかに滲ませた声で短く尋ねられて、嘆息した。

……誘われていると勘違いするな。怜史は、自分が気に入らないから本郷が手を引いたのではないかと、不安がっているだけだ。

そう自分に言い聞かせて、わざと揶揄《やゆ》する調子で言葉を返した。

「なんでって、なぁ？　ここでストップしておかないと、また泣かされる羽目になるぞ。身体、キツイだろ」

「別に……あれくらい、どうってことない」

身体がキツイ『原因』を思い出したのか、頰《ほお》を紅潮させた怜史は唇を尖らせて本郷の気遣いを一蹴する。

相変わらず……変なところで強情だ。

本郷には強がる必要などないだろうに、そうして虚勢を張ることが習い性となっているに違いない。

しっかり者の、優等生。

実際の年齢よりも大人びている。

彼に任せておけば、大丈夫。

周りが怜史をどう捉えているのか、想像がつく。怜史自身も、そうあるべきだと意識して振る舞っているのだろう。

でも、本来の怜史は甘えたがりで、子供じみた意地を張って墓穴を掘るような迂闊《うかつ》な部分があり、どこか危なっかしいアンバランスさが見え隠れしているのだと……どれくらいの人間が知っているか、疑問だ。

自分だけが、と優越感に似たものを噛み締めかけた本郷は、ふと一つの可能性に気づいて眉をピクリと震わせた。

あの男は、もしかしてわかっているかもしれない。

頭に浮かんだ青年の顔に不快感を制御しきれなくなり、グッと眉を顰めた。

あの男……『一眞くん』。

怜史の腕を摑んでワゴン車の傍《そば》から引き離した時も、最初は目を丸くしていたくせに……振り返ると、唇の端を吊り上げて意味深な微笑を浮かべてこちらを見ていた。

実際に、怜史のことは自分よりずっと深く理解しているはずで、幼馴染みなどという身内にも等しい存在と張り合うこと自体が馬鹿げていると思いつつ、やはり面白くない。

怜史の『初恋』があの男だったことも、認めるのは癪《しゃく》だが面白くない要因の一つ……いや、大部分だ。

「……ヒロセ？　なんで怖い顔してるんだよ？」

本郷が険しい表情になっていることに気づいたらしく、怜史が不思議そうに名前を呼びかけながら首を傾げる。

自分の何かが気に入らなくて機嫌を下降させていると誤解してか、真っ直ぐな瞳を不安に揺らしていた。

「怖くて悪かったな。地顔だ」

右手で自分の顔を撫でることで、怜史の目から隠す。張り合っても仕方のない相手に嫉妬を滲ませる……無様な表情は、できれば怜史には見られたくない。

そうして誤魔化す仕草に何を思ったのか、怜史はポツポツとつぶやいた。

「雑誌に載ってた写真は、笑顔だったけど。インタビューしてたお姉さん、美人だったもんな」

「引き攣《つ》った笑顔を、満面の笑みに加工してるんだよ。最近の偽造……いや、写真加工技術って、怖ぇよなー」

茶化した口調で言い返しながら、怜史の髪をくしゃくしゃと撫でる。前髪を乱された怜史は、いまいち納得していない顔で本郷の手から逃げた。

「つーか、雑誌って……そんなもの、いつの間に見たんだ?」

昼間、自社ビルに引っ張り込んだ怜史は、本郷の身元を初めて知ったと……目を丸くしていた。あれが演技なら、名俳優になれるだろう。

本郷の疑問に、怜史はまたしてもあの名前を出す。

「おれの兄貴が、変わった建築物とか面白いコンセプトの施設とかを特集している雑誌を、集めてて……。ヒロセの名前を言ったら、一眞くんが兄貴の持ってる雑誌で、インタビュー記事を見たことあるって思い出したんだ。夜中に広場でヒロセに逢《あ》う前、その雑誌を見せてもらったから」

また、一眞くん……か。

うっかり頬が引き攣りそうになるのを、ギリギリのところで耐えた。いちいち気にする自分の心が狭いことは、百も承知だ。

そうしてなんとかポーカーフェイスを取り繕《つくろ》っている本郷の前で、穏やかでない心情を知る由もない怜史は更に言葉を続ける。

「一眞くん、ヒロセに腕を引っ張られていったことで、なにか言ってくるかなー……って思ってたのに、なーんにも言わないんだよな。兄貴のほうがいろいろ聞いてきたんだけど、『そっとしておいてやれ』なんて止めてくれてさぁ……」

怜史が『一眞くん』に向ける思いは、身内……兄に対するものに等しいのだろう。

思い詰めた表情で、幼馴染みが好きなんだと零《こぼ》した怜史の気持ちを軽んじるわけではないが、きっとアレも激しい恋愛感情というより、幼い子供が幼稚園教諭や身近な年上の異性に抱くような淡いものではないだろうか。

理性では、そうわかっている。ただ、頭で理解しているのと感情とは別物らしい。

「その一眞くんとやらは、超能力者か?」

思っていたより低い声になってしまい、コホンと咳払《せきばら》いで誤魔化した。

幸い怜史は、不自然な声音より内容を気に留めてくれたようだ。カラカラと笑って、言い返してきた。

「まっさかぁ。ヒロセの発想って、たまに面白いよな。一眞くんは、三年前の……あの時、いろいろ協力してくれたから、それとなくわかってるのかも。もちろん、詳しくは話してないんだけど……。ヒロセが毎日お昼にランチボックスを買いに来てた時も、おれの動揺を見抜いてたみたいだし」

「ふ……ん。おまえのことは、手に取るようにお見通しってわけか」

しまった。今の発言は、面白くないという本音を隠せていない……か？

舌打ちをしたい心境で、そっと怜史の顔を窺《うかが》う。ちょうどこちらを見上げたところだった怜史と、不意に視線が絡んでしまった。

構えていなかったせいで、ポーカーフェイスを取り繕えていた自信はない。

「……なんか、引っかかる言い方」

「気のせいだろ」

即答して、顔を背《そむ》ける。

ペースを乱されることに、慣れていないのだ。この場をどう誤魔化すか、視線を泳がせて思考を巡らせた。

「ヒロセ？　一眞くんは、その……おれが女の人ダメだって知ってるし、一眞くんも兄貴とラブラブだし……変なふうに思わないよ。あ、それにマスコミに売ったりとかも絶対にしない！　たぶん、兄貴にも言わないから」

本郷が、自分とのつき合いについて『一眞くん』に筒抜けかと疑い、妙な懸念を抱いているのではないかと不安になったようだ。こちらからしてみれば的外れなフォローに、必死になっている。

しかも、それこそが本郷の不機嫌を加速させているのだと、チラリとも考えていないに違いない。長年に亘《わた》って築き上げた信頼に加えて、互いを理解しているのだと……見せつけられているかのようだ。

そんなふうに感じて湧く不快感は、大人げないことこの上ない。

こうして感情を制御できないこと自体が、自分にとってイレギュラーで……うまく折り合いをつけられなくて、苛立ちが込み上げる。

「そんなことは心配してねぇよ。マスコミに売ろうとしても、ネタ扱いで終わりだ。一円にもならねーだろ」

芸能人でもあるまいし、ゴシップネタに飢えている週刊誌だと面白がって記事にするかもしれないが、社内の人間を始め取引先の企業関係者も真に受けるわけがない。

そう鼻で笑ってやると、怜史はキュッと唇を嚙み……奇妙な顔でパズルに視線を落とした。

数十秒の沈黙の後、ポツポツとつぶやく。

「そ……だよな。おれみたいなのと、ヒロセの組み合わせなんて……冗談にもならないって感じだ。釣り合いが悪すぎて、カンケイを疑うどころか相手にもされないかも。ちっちゃいレストランの見習いと、でかい企業の跡取りなんて、住む世界が違うもんな」

「っ、卑屈な言い方するなよバカモノ」

自分の失敗を悟ったが、うまくフォローする術を見つけられない。

しょんぼりと肩を落としている怜史に慰めにもならない一言を投げかけて、無造作に頭を抱き寄せた。

どうにもうまく立ち回れない。

下心満載で近づいてくる女や、本郷の機嫌を取ろうと心にもないおべっかを口にして媚《こ》び諂《へつら》う社の人間相手だと、容易にあしらうことができるのに……。

自己嫌悪を噛み締めている本郷と目を合わせようともせず、怜史は硬い声でつぶやく。

「おれ、身の程ってやつを知ってるつもりだよ。なんか、昨日は変に浮かれて勢いのまま盛り上がっちゃったけど、足手まといになるなら切り捨ててくれていいから」

「……本気で言ってるなら、怒るぞ」

低い声で短く返す。本郷が、纏う空気の温度を下げたことを敏感に察したのか、怜史はビクッと身体を震わせた。

言いたいことがあるなら言えと、軽く頭を叩いて促す。怜史はのろのろと顔を上げ、躊躇いがちに目を合わせてきた。

「だって、あの……秘書？　って人も……絶対におれのこと、胡散臭いって感じてる。金目当てみたいに思われてたら、メチャクチャ悔しい」

「それに関しては心配無用だ。なにも言わさねぇよ。……三年前のことも、改めて謝らせる」

余計なトラウマを植えつけやがって、と忌々しい思いが込み上げる。

彼は、優秀な参謀だ。本郷が円滑に職務に取り組むためにも、怜史の存在が必要なのだと知れば、歓迎まではしなくとも見て見ぬふりで黙認するだろう。

「怜史……サト、俺にチャンスをくれないか」

両手で髪を撫でると、逃げられないよう頭を挟み込んで視線を絡ませた。怜史は、不思議そうな顔で聞き返してくる。

「チャンス？」

「ああ。早々にベッドに引っ張り込んでおいて、なにを今更って話だが……きちんと恋愛をしよう。初デートは、ペンギンが水中を飛ぶアクアリウムだ。で、ちょっと面白いコンセプトのレストランで飯を食って……オリジナルカクテルが美味《うま》いバーに招待しよう」

「なんだよ、それ。ベッタベタなデートコース……」

「でも、おまえは一度も経験してないだろ。俺が、初めに教えてやるよ」

怜史の初めては、全部自分のものだ。

そう心の中でつぶやいて、そっと唇を触れ合わせる。

惜しむらくは、『初恋』があの男のものだということだが。まぁ……それについては、この先もっと強烈なアレコレで上書きさせてもらうことにしよう。

怜史は、どう反応すればいいのか戸惑っているようだ。本郷を突き離すことも、身を寄せて甘えることもできないらしく、微動もしない。

「おまえが必要なんだ。住む世界が違うなんて、俺を蚊帳《かや》の外に追い出さないでくれ」

コツンと額を触れ合わせて、頼むよ……と懇願した。

今は、大人ぶって格好つけている場面ではない。くだらないプライドで、怜史を傷つけたりそっぽを向かれたりしてしまったら、そのほうがみっともない。

怜史は完全には迷いを捨てきれないようだったけれど、ようやく頬の強張《こわば》りを解いて唇にぎこちない笑みを浮かべた。

そして、目の前にある一面の『青』の中にいるペンギンを指差す。

「何回か、夢では見たんだ。こうして……ペンギンのお腹、見上げられるかな」

「ああ。たぶんな」

夢から覚めても、現実で何度でも。

あとがき

こんにちは、または初めまして。真崎ひかると申します。このたびは、『夢みるアクアリウム』をお手に取ってくださり、ありがとうございました！

水族館、すごく好きです。有名どころもいいのですが、地方の小さな水族館にも通りがかりにフラフラ入ってしまいます。行ってみたいと思いつつ、出不精なせいで行けていない水族館がたくさんありますが……。


水族館に行った気分になれる、素敵なカバーイラストを描いてくださった麻々原先生、本当にありがとうございました！　カバーの二人と一緒に、私もペンギンのお腹を見上げたいなぁ……とつぶやきつつ、嬉しく拝見しました。

担当H様。今回も、とってもお世話になりました。ありがとうございました。

そして、ここまでおつき合いくださった方にも、感謝感謝です！　ちょっぴりでも楽しんでいただけますと、幸いです。慌ただしくお礼のみですが、失礼します。またどこかでお逢いできますように。

二〇一二年　　早朝から蟬がにぎやかです　　真崎ひかる

✦初出　夢みるアクアリウム……………書き下ろし
夢から覚めても……………………書き下ろし

真崎ひかる先生、麻々原絵里依先生へのお便り、本作品に関するご意見、ご感想などは
〒151-0051 東京都渋谷区千駄ヶ谷 4-9-7
幻冬舎コミックス　ルチル文庫「夢みるアクアリウム」係まで。

幻冬舎ルチル文庫

夢みるアクアリウム

2012年8月20日　　第1刷発行

✦著者	真崎ひかる　まさき ひかる
✦発行人	伊藤嘉彦
✦発行元	株式会社 幻冬舎コミックス 〒151-0051 東京都渋谷区千駄ヶ谷 4-9-7 電話 03(5411)6432[編集]
✦発売元	株式会社 幻冬舎 〒151-0051 東京都渋谷区千駄ヶ谷 4-9-7 電話 03(5411)6222[営業] 振替 00120-8-767643
✦印刷・製本所	中央精版印刷株式会社

✦検印廃止

ISBN978-4-344-82593-2　C0193　Printed in Japan